JN282265

相棒
aibou season 2

相棒
aibou season3

相棒
aibou season3

相棒
aibou season3
SAVE THE SEA

相棒
aibou season3

相棒
aibou season

相棒 season 3　上

脚本・輿水泰弘ほか／ノベライズ・碇　卯人

朝日文庫

本書は、二〇〇四年十月十三日～二〇〇五年一月五日にテレビ朝日系列で放送された「相棒 シーズン3」の第一話～第八話の脚本をもとに、全五話に再構成して小説化したものです。小説化にあたり、変更がありますことをご了承ください。

相棒 season 3 上

目次

装丁・口絵・章扉／IXNO image LABORATORY

杉下右京　警視庁特命係長。警部。
亀山薫　警視庁特命係。巡査部長。
奥寺美和子　帝都新聞社会部記者。薫の恋人。
宮部たまき　小料理屋〈花の里〉女将。右京の別れた妻。
伊丹憲一　警視庁刑事部捜査一課。巡査部長。
三浦信輔　警視庁刑事部捜査一課。巡査部長。
芹沢慶二　警視庁刑事部捜査一課。巡査。
角田六郎　警視庁組織犯罪対策部組織犯罪対策五課長。
米沢守　警視庁刑事部鑑識課。
内村完爾　警視庁刑事部長。警視長。
中園照生　警視庁刑事部参事官。警視正。
小野田公顕　警察庁長官官房室長（通称「官房長」）。警視監。

相棒

season
3上

第一話

「双頭の悪魔」

一

「ただいま」

奥寺美和子がマンションに帰ると、同居人の亀山薫がなじるような口調で言った。

「遅いよ。七時過ぎには帰れるって、言ってただろ?」

薫は手に数枚の皿を持っている。ダイニングテーブルへ視線を向けた美和子は思わず驚いてしまった。ローストチキンにマグロのカルパッチョ、パスタなどの料理が載りきれないほど並んでいる。どうやら、ケータリング・サービスのパーティメニューのようだった。中央には氷を張ったワインクーラーに差し込まれたシャンパンがでんと構えている。

「なにこれ?」

「晩飯に決まってるだろ」薫は疑い深そうな目を恋人に向けると、「あ、まさかおまえ、食ってきたんじゃないだろうな?」

美和子はその問いかけをやりすごして、

「なんで、こんなご馳走なの?」

「ささやかな祝宴を催そうかと思ってね」

「異動になったんだ。今日、内示が出た」

「え、異動って、特命係から？　どこに？」

薫はシャンパンのボトルを取り上げると、ナプキンを被せて栓をねじった。ポンとこもった音がして、栓が抜ける。たちまちボトルの口から泡があふれ出る。

「おっと。めでたく現場復帰だ」

薫がシャンパンを二脚のグラスに注ぐ。美和子はそれには目もくれず、薫の顔をのぞき込んだ。

「捜査一課に戻るの？」

「微妙に違うんだな、それが。捜査一係」

「係って、もしかして、所轄へ？」

「麴町東署だって。ま、めでたさも半分ってとこだけど、現場復帰には違いないだろ」

グラスをひとつ美和子に渡して、自ら音頭を取った。「乾杯！」

美和子はシャンパングラスにちょっとだけ口をつけると、浮かれる同居人に向き直った。

「どうして、急に異動なのよ？」

「活躍したからに決まってるだろ。幾多の難事件を解決に導いた実績がそれなりに評価された結果だと思う」

「ホント？」

「ほかにどんな理由があるよ？　〝人材の墓場〟と呼ばれる特命係に捨てられたこの俺が、曲がりなりにも現場復帰を果たすってことは、活躍が評価された以外に理由は考えられないだろう？」

「じゃあ、右京さんも異動するの？」

好奇心に駆られた美和子が身を乗り出したが、薫は興味なさそうに骨付きチキンを手に取った。それにかぶりつきながら、かぶりを振る。

「でも、薫ちゃんの活躍が評価されるんだったら、右京さんはもっと評価されなきゃおかしいでしょ？」

「わかってないなあ、おまえは。あの人は奇人変人でしょ。おまけに上層部《うえ》からは蛇蝎《だかつ》のごとく嫌われている。要するにその差だね。気の毒だけど、あの人は一生浮かばれない」

チキンの脂で唇をぎとぎとさせて力説する薫はとても嬉しそうに見えた。今夜は本題を言い出さないでおこう。美和子は言いたかったことを腹の底にしまい込んで、カルパッチョに箸を伸ばした。

衆議院の院内紙記者である鹿手袋啓介《しかてぶくろけいすけ》は、ずっしりと疲れが溜まった体を雑居ビルの四階にある政経日報社の事務所に運ぶと、デスクの前の堅い椅子に倒れ込むようにして座った。額にかかる髪の毛の前線がM字型に後退しているために年齢よりも上に見られることが多いが、まだ四十代に突入して二年ほどしか経過していなかった。窓ガラスに映った己のくたびれた顔を見て、鹿手袋は思わず苦笑した。

政経日報社というのは名ばかりで、鹿手袋の個人事務所である。したがって、誰かが「お疲れさま」とねぎらいのコーヒーを持ってきてくれるわけでもない。記者は自嘲的な笑みを漏らすと、電話機に目を向けた。留守番電話の着信ボタンのランプが点滅を繰り返し、自己主張している。

再生ボタンを押す。「新しい録音は一般録音三件です」という合成音に続いて、すぐさまどすの利いた低い男の声が流れてきた。

――おいコラ、鹿手袋！　おるのはわかっとんじゃ！　出んかい、コラ！　おんどりゃ調子こいとったら、事務所火ぃつけるぞ！　いまから行くから、待っとけよ！

これが本日の十八時十六分のメッセージだった。同じ男から一時間半後にもメッセージが残されていた。

――おいコラ、鹿手袋！　今、浜松じゃ！　過ぎたところじゃ！　ホンマやど！　待っとけよ、コラ！

さらに約一時間後。

――おいコラ、鹿手袋！　新横浜、過ぎたぞ！

留守電の男は興奮しているようであったが、それを聞いた記者のほうは、まったくメッセージを意に介していなかった。「来るなら来やがれ」と口に出して言うと、自分でコーヒーを淹れるために、席を立った。


同じ頃、鹿手袋啓介と同じくらい疲れきった男が、永田町界隈にもいた。場所は日本国首相官邸、男の名は加賀谷秀之。首相秘書官として警察庁から出向している男だった。

加賀谷は官邸五階の秘書官室のソファで、今日一日のことを振り返っていた。

――呪い殺すというのはいかがでしょう？

同僚の首相秘書官、大八木邦生の声が耳に蘇ってくる。

苦虫を嚙み潰したような顔でカセットレコーダーを引っ張り出すと、プラグを壁のコンセントの三ツ口ソケットに差し込んだ。疲れたときには、落語に限る。それが加賀谷の信条である。

デスクの引き出しの奥からカセットテープを取り出すと、それをレコーダーにセットした。きょうびカセットテープでもなかろうと思うが、加賀谷はいまもこの古臭いメディアを愛好していた。ガシャッと音を立てて再生ボタンを押し込むと、だだっ広い秘書官室に古今亭志ん生の落語が流れはじめる。

加賀谷はソファの上で横になると、名人の話芸に聞き入った。

二

加賀谷秀之は翌朝、内閣府のベテラン女性職員、長嶺の足音で目を覚ました。

「おはようございます。お泊まりだったんですか?」

朝の陽光が眩しすぎて、起き抜けの秘書官の目には、背筋をピンと伸ばして話しかけてくる長嶺の姿がぼやけて映った。

「ああ、おはようございます」上体をソファから起こし、ようやく人心地がついた気分になる。「臨時国会が近いでしょ。総理の原稿が溜まっちゃっててね。それに今日は、ぼくが当番だから」

立ち上がって伸びをした加賀谷の足がカセットレコーダーのコードに触れた。足を踏み出した拍子に、テーブルの上に載せていたレコーダーが落ちる。金属が木製の床とぶつかる耳障りな音がした。

「あら、やっちゃった」

「大丈夫ですか?」

「ええ、たぶん」

そう答えた加賀谷は、ふと、コードがつながった壁のコンセントに目をやった。プラグが三ツ口ソケットに差し込まれている。昨夜は疲れていて思い至らなかったが、このソケットには見覚えがなかった。

「長嶺さん、あなたこのソケット、替えました？」

長嶺が面食らった顔になり即答する。

「いえ、替えませんけど」

「そうですか……」

加賀谷は不思議そうに三ツ口ソケットを見つめた。

洗面を終えて着替えも済ませ、加賀谷がさっぱりした気分で首相官邸の廊下を歩いていると、前方から睨みつけられるような強い視線を感じた。顔を上げると、あまり会いたくない相手が立っていた。首相補佐官の沢村久重である。

加賀谷よりひとつかふたつ年下の四十代半ばのこの補佐官は、いつも歯に衣着せぬ物言いで、加賀谷たち首相秘書官にたてついてくる。昨日、大八木秘書官が思わずもらしたように、呪い殺してでも葬り去りたい相手であった。沢村は年長の秘書官を小馬鹿にしたような笑みを浮かべて、こちらを見ていた。と、一点の曇りもない澄んだ声で、挨拶のことばを発する。

「おはようございます、加賀谷秘書官」

「おはようございます、沢村補佐官。今日はまた、ずいぶんお早いですね」

「総理と朝一でミーティングが入っていますから」

さりげなく抱えていた資料袋を揺するしぐさが、加賀谷の癪《しゃく》に障った。

「そうですか」さもたいそうなことを認めるかのように声を張ると、「しかし、総理はまだですよ。これからお迎えにうかがうところです」

「総理をお待たせするわけにはいかないでしょう。ですから早めにね」

沢村は優越感を見せつけるように言い捨てると、そのまま通り過ぎようとした。加賀谷がそれを呼び止める。

「沢村補佐官、老婆心ながら申し上げるんですが……」

「はい、なんでしょう？」

「もう少し、共同歩調で進まれたほうがよろしいか、と」

「ほお、あなた方とですか？」

沢村の顔に再び人を見下すような笑みが浮かぶ。加賀谷は奥歯を嚙みしめて、

「うちはともかくとして、なにも外務省や防衛庁を敵に回すことはない」

「敵に回そうなんて、これっぽっちも思ってませんよ」

「わが国の安全保障問題は微妙ですし、歴史的な積み重ねもあるわけですから……」

「アメリカ一辺倒が賢明な選択とは思えませんねえ」

「むろん、あなたのおっしゃることもわからなくはない……」

うわべだけの秘書官のことばを、補佐官がぴしゃりと遮った。

「私は自信を持って、私の構想を総理に具申していきます。そのために補佐官に任命されたわけですから」

沢村の言動には意志の固さがにじみ出ていた。加賀谷の顔が一瞬憎々しげに歪んだ。発言に皮肉がこもる。

「スタンドプレイが過ぎるという批判がありますよ」

「独自に人脈を作って新しい構想を打ち立てていくことをスタンドプレイと言われたら、なにもできやしませんよ。違いますか？　それにスタンドプレイと非難している張本人はあなた方でしょ？」

図星を指されて、加賀谷は思わず顔をそむけた。それを見た沢村がたたみかける。

「特に外務省から出向されている大八木秘書官。あの方は、ゆくゆく外務省の事務次官になられる人だから、既得権益を守りたいのはわかりますけどね」

「そういう言われ方は心外ですね」

「総理にずいぶん私の悪口を吹き込んでくださってるようですね。あることないこと……あ、総理を迎えにあがらなくてよろしいんですか？」

「どうやらあなたとは理解し合えないようだ」

加賀谷が踵を返すと、沢村がその背中に向かって言った。

「どうしても私が邪魔ならね、呪いでもかけて殺したらどうです?」

まるで昨日の大八木のせりふをなぞったような補佐官のことばを聞き、加賀谷の背筋を冷たいものが走った。


衆議院第一議員会館は代議士やその秘書などでごった返していた。ある代議士の事務所の前には、民間人らしきいでたちの一群が溜まっていた。おそらく部屋に入りきれない陳情客なのだろう。

瀬戸内米蔵は賑やかな議員会館の廊下をつぶさに観察しながら、泰然と歩を進めていた。法務大臣を辞任して以来、閑職に就かされているが、本人はまったく腐っていなかった。むしろ政界の内部事情をゆっくり観察するには好都合である。自分はもう政治の表舞台に立つ年齢ではない。有能な若手政治家の後押しこそが自分が果たすべき役柄、と瀬戸内はわきまえていたのである。

「おはようございます」

背後から声をかけられた。振り返ると、院内紙記者の鹿手袋が立っていた。院内紙記者といえば聞こえはいいが、常に政界のスキャンダルを嗅ぎまわっている食えない男だった。

「やあ、きみか。おはよう」

「ぶらぶらされてるようですが、どちらへ？」

鹿手袋は抜け目なく歩調を合わせ、ぴったりと瀬戸内の横に並んだ。

「どこへ行こうと俺の勝手だ。きみにめったなことは言えないからな。きみこそ、どこへ行くんだい？」

「瀬戸内先生のところへ」

「俺のところ？　別に面白い話なんて持ってないよ」

「構いません。先生に面会するという名目で入館しましたから、一応ご挨拶をしておかないと」

瀬戸内が足を止め、記者のほうへ向き直った。

「また俺の名前を使ったな」

「いつもお世話になってます」鹿手袋は殊勝に頭を下げ、「秘書の皆さまにもよろしくお伝えください」

「だったら俺に用事はねえんだろ。こんなところで立ち話してる暇はねえんだ」

立ち去ろうとする老齢の代議士にすり寄ると、鹿手袋は小声で囁いた。

「壁に耳あり障子に目あり。近頃、油断も隙もありません。用心なさったほうがいいですよ」

瀬戸内は呆れたような表情を作り、

「なんでも意味ありげに言うのがうめえなあ、おまえさんは。ああ、気をつけるよ」

これ以上相手をするのは時間の無駄と、瀬戸内は立ち去っていく。取り残された鹿手袋が廊下できょろきょろしていると、前方から衆議院一の若さと美貌を兼ね備えた代議士、片山雛子《ひなこ》が初老の秘書を付き従えてこちらへ向かってくるところだった。

鹿手袋はすかさず近寄っていく。

「おはようございます、片山先生」

「おはようございます」

反射的に挨拶を返したものの、片山雛子は目の前の男を認識できていなかった。

「あ、片山先生、私この間、先生の後援会のほうに献金させていただきました」

「そうですか。それは恐縮です。ありがとうございます」

雛子は一礼すると、鹿手袋のそれ以上の介入を拒むかのように、自分の事務所へ入っていった。初老の秘書、小松原があとに続く。雛子は詰問するような口調で小松原に訊いた。

「あの人、誰?」

「院内紙の記者ですよ。肩書きは政経日報社の記者です」

「記者？　あの人、記者なの？」

雛子よりも背の低い小松原の物腰は、王女にかしずく家臣のようであった。

「といっても、まともに新聞なんか発行してませんが。議員会館をうろつきまわっては特殊情報を飯の種にしている、一種のタカリみたいなものです」

雛子は合点がいったというようすでうなずくと、

「特殊情報……俗にいうスキャンダルね。でも、献金してくれたって言ってたわね」

「そうだとしても、先生がお相手なさるような輩ではありません」

「そうね」


首相官邸の秘書官室はものものしい雰囲気に包まれていた。加賀谷が朝見つけた三ツ口ソケットをドライバーで分解していた。そのようすを大八木首相秘書官のほか、財務省から出向中の香取首相秘書官、経済産業省から出向中の添島政務秘書官が固唾を呑んで見守っていたのである。

ようやくねじがはずれ、ソケットがふたつに分かれた。簡単な構造のソケットには似つかわしくない精巧な電子部品があらわになった。

「盗聴器ですか」

大八木が唖然とすると、加賀谷は自信たっぷりに言った。

「間違いありませんね」

「誰がこんなことを？」「よく気づきましたね」

香取の疑問と添島の感心が重なった。加賀谷は添島のことばのほうに応じた。

「そこにソケットをつけたのは私なんです。落語のテープを聴くのにコンセントが足りなかったものですから。でも、これは私のつけたやつと違う。今朝気づいて妙だなと思って」

「どうしましょう？　総理のお耳には？」

政務秘書官が訊くと、加賀谷がうなずいた。

「一応入れておきましょう。お願いできますか？」

「閣議が終わったら。こっそりお伝えしておきます」

「事後処理は私が責任を持ってしますので、ご心配なさらないようお伝えください」

その日、亀山薫は麴町東署に出署した。初日くらいスーツにしようかとも考えたが、それはやはり自分らしくないと考え直し、フライトジャケットにワークパンツといういつものスタイルを通すことにした。

麴町東署刑事課長の海音寺《かいおんじ》菊生《きくお》はそんな薫を見ても、顔色ひとつ変えることがなかった。たったひと言、「大きいね」と褒めるとも感心したとも判断のつかないせりふをつぶやくと、デスクに目を落として仕事を再開した。もしかしたら前の上司、杉下右京にもひけをとらない変人かもしれないと、薫はひそかに天を仰いだ。

薫の前の上司の杉下右京はついにひとりきりとなった特命係の小部屋――別名、警視庁の陸の孤島――で、組織犯罪対策五課長の角田《かくた》六郎から小言を言われていた。所属する課が違うので本来関係がないはずなのに、角田はなにくれとなく世話を焼きたがるのだった。

「亀山だってさ、足掛け五年もここで過ごしたんだぞ。それなのにあんた、異動の内示を受けた亀山になんて言った？」

「さあ、なんて言いましたかねえ」

右京が平然と紅茶を啜るのを見て、角田はもっといじめてやりたくなったようだ。感情を殺したような平板な声で、右京の口調をまねた。

「『そうですか』。たったこのひと言だ。表情も変えずに、『そうですか』。ああいうときは、嘘でも大げさに驚いてやるのが思いやりってもんだろうに」

右京はなぜ角田がこれほど熱弁をふるっているのか理解できないといった表情で、再びティーカップを口へ運ぶ。

「そのうえあんた、そんな亀山に追い討ちをかけるように、こう言った。『まあ、頑張ってください』、これで亀山は完全にノックアウトだ」

「励ましたつもりですがねえ」

「そんな能面みたいな顔して頑張れって言われてもさ」

「なるほど、能面ですか」

右京が苦笑すると、薄気味悪いものでも見たかのように、角田は特命係の小部屋から出て行った。


その頃、首相官邸では加賀谷のいう「事後処理」が徹底的に行なわれていた。警視庁から捜査員を呼び寄せ、盗聴器がほかに仕掛けられていないか、官邸の隅々まで調査させていたのである。その結果、次々と盗聴器が発見されていた。

そのことは大八木秘書官から、内閣官房長官の朱雀武比古《すざくたけひこ》へと伝えられた。朱雀は表情ひとつ変えずに報告を受けると、気になったことをひとつだけ秘書官に訊いた。

「総理にはもう伝えたの？」

「はい、添島秘書官のほうから」

「あ、そう。わかった」

同じ頃、首相官邸近くの道路では、路肩に停めた車の中で鹿手袋が無線機のチューニングを行なっていた。昨日まで拾えていた電波が今日はまったく捕捉できず焦っていると、何者かがウィンドウをノックした。

顔を上げると、制服警官が立っていた。イヤホンを耳からはずし、窓を開ける。

「なにをなさってますか？」

「いえ、ちょっと……電話ですよ」

言うが早いか、鹿手袋はエンジンをかけ、車を急発進させた。

その日の夜、首相官邸の秘書官応接室には加賀谷、大八木、香取、添島の各秘書官と沢村補佐官が集合していた。テーブルの上には、昼間発見された盗聴器が置かれていた。その数は全部で八つに及んでいた。

加賀谷が声を張り上げる。

「前代未聞の事態だ」

窓際に立ち、外の景色を見ていた沢村が振り返った。秘書官たちの棘のある視線が、いっせいに補佐官に向けられた。

「同感です。驚き以外のなにものでもない。そしてもうひとつ驚くべきは、どうやらあなた方が私を疑っていることだ。本気ですか？」

秘書官は誰も答えようとしなかった。冷ややかな目で沢村を見ている。沢村は動じなかった。

「よろしい。告発するなりなんなり好きなようになさったらいい。しかしその前に、ひとつ考えてみてください。仮に私が盗聴器を仕掛けた下手人だとしたら、あなた方の秘密を握っている可能性がありますよ。なにしろ、会話を盗み聞きしていたわけですから。なかには公になると都合の悪いこともあるんじゃありませんか？　約束された将来がふっ飛ぶような爆弾情報が……当然、そういう報復があることは覚悟なさったほうがいい」

大八木の目が泳ぎ、加賀谷に助けを求めようとした。沢村は薄気味悪く笑うと、先を続けた。

「また逆に、私が無実だったらどうでしょう？　証拠もなく私を犯人扱いしたあなた方は無傷でいられますか？　赤っ恥をかくだけでは済まない。いずれにしても輝かしい未来がふいになりますねえ」

胸を張って発言すると、そのまま帰ろうとした沢村は、ドアの前で思わせぶりに立ち止まり、立ち尽くす秘書官たちに向き直った。

「皆さん、エリート中のエリートだ。頭も抜群にいい。その優秀な頭脳でじっくりお考えください。そして確たる証拠をつかんだうえで、ご自分に叩いてもほこりの出ない自信があるならば、私を告発なさるんですね」

そう言うと、補佐官は大きな音を立ててドアを閉め、立ち去っていった。

大八木が「こんな屈辱初めてだ」と声を震わせるのを聞き、加賀谷はこぶしをテーブルに叩きつけた。


都内のとあるホテルの一室では鹿手袋が片山雛子が来るのを待っていた。

このホテルではつい先ほどまで、衆参両院の与党若手議員による新会派「平成未来派」の結成記者会見が開かれていた。与党議員の中で一番若い片山雛子は、その場で威勢のよいスピーチを行なっていた。

記者会見に続いて行なわれた立食パーティで、さりげなく雛子に近づいた鹿手袋が話しかけようとすると、機先を制して一枚のカードを渡されたのだった。「上がって待ってて。ふたりきりで話がしたいの」というメッセージとともに。それがこの部屋のルームキーだったのである。

やがて部屋のチャイムが鳴った。片山雛子に騙されているんじゃないか。そう疑った鹿手袋は慎重にドアを開けた。ドアの前には雛子ひとりしか立っていなかった。

「ご本人が現われるとは思わなかった」

「お待たせ」

雛子が両手を組んだまま微笑む。知的な美人に挑発されているようで、海千山千の鹿手袋がペースを崩されそうになる。

「どうぞ。といっても、あなたの部屋ですけど」

雛子が部屋に入ると、鹿手袋はドアを閉めた。ふたりで部屋の奥に向かう。口火を切ったのは、雛子のほうだった。

「シャンパンでもいかが？」

雛子は返事も待たずに高級そうなシャンパンをグラスに注ぎ、院内紙記者に渡した。軽くグラスを触れ合わせて乾杯のしぐさを気取ると、ひと口で飲みほした。

「ざっくばらんに話しましょ。訊きたいことがあるんじゃないの？　だからわたしにつきまとってる」

鹿手袋はシャンパングラスを手にしたまま軽く咳払いをすると、

「それじゃ、おことばに甘えて。ずばり、内閣報償費についてです。年間予算はおいくらでしょう？　ご存じですか？　いわゆる機密費です」

雛子は形のよい目で院内紙記者を見つめたまま、即答した。

「十六億」

「さすがですね」

グラスを掲げて鹿手袋が誉めると、雛子は妖艶な笑みを浮かべる。

「常識よ」

「もらったことありますか?」

鹿手袋がずばっと切り込む。雛子はいたずらっぽく声をひそめた。

「あるわよ。一応ここだけの話ね。去年の外遊のとき、餞別にね」

雛子が煙草をくわえ、火を点けた。

「なるほどね。そういう使い方もあるとは聞いてましたが、本当だったんですね」

「与党議員の政治資金とか、野党議員への工作資金にも使われるらしいわよ。もちろん噂だけど。機密費のことが知りたいなら、官邸に行ったら?」ここで煙草を一服し、

「ほかに質問は?」

「恋人は?」

「はっ?」

「いらっしゃいますか?」

「募集中」

「どんな男が好みですか?」

雛子は顎を斜め上に傾けながら、

「そうね……あなたみたいな人かしら」

鹿手袋の目が輝く。

「そりゃ光栄です」

「おでこの広い人が好きなの。頭よさそうに見えるから」

雛子は煙を鹿手袋の顔に吹きかけた。院内紙記者の目の輝きが瞬時に消え、眉間に皺が浮かんだ。頭が薄くなりつつあることは、一番のコンプレックスだった。

「昔は狭かったんですよ」

「あら、残念」美人代議士は軽い口調で受け流すと、財布から二千円札を取り出した。「そうだ、忘れないうちにお返しするわ。後援会に問い合わせたら、二千円いただいたそうなので。しかもわざわざこのお札でね」

「献金ですよ」

「これっぽっちで支援者面してつきまとわれたら迷惑なの」

雛子がきっぱりと言い放つ。

「なるほどね。そういうことならば返してもらいますか」

「そろそろパーティに戻らなきゃ。楽しかったわ。でも、つまらない詮索はやめたほうがいいわよ」

雛子が手を差し出すと、鹿手袋は握手をするふりをして、握った手を力いっぱい引き寄せた。バランスを崩した雛子が、鹿手袋にもたれかかりそうになる。

「図に乗らないで」

雛子は鹿手袋のすねを思い切り蹴りあげた。

三

杉下右京は帰宅途中、〈花の里〉に立ち寄った。別れた元妻の宮部たまきがひとりで切り盛りしている京風小料理屋であり、ほかに用事がないときは毎晩のようにカウンター席に座って一献傾けていくなじみの店である。

引き戸を開けると、「いらっしゃい」とたまきがぬくもりを感じさせる声で迎えてくれた。自宅に戻ったような気楽さで顔を上げると、見知った先客が目に入る。奥寺美和子であった。

「こんばんは。というか、お帰りなさい」

「これはどうも。こんばんは」

右京が定席につくと、美和子が質問を放った。

「右京さん、薫ちゃんはどうして異動になったんですか？」

「さあ、ぼくは知りませんが」

「本人は特命係での活躍が評価されたんだって言ってるんですけど、どう思います？」

右京の好みを知り尽くしたたまきが、燗をつけた。右京はそのようすを満足げに見守りながら、

「あるいはそういうこともあるかもしれませんねえ」

「そうですか。まあ、それならそれで喜ばしいことではありますけどね」美和子は自分を納得させるようにうなずくと、勢いよく立ち上がった。「ごちそうさまでした」

「ありがとうございました」

にこやかな笑顔で応じるたまきに、美和子が小声で囁きかける。

「変なことお訊きしてすみませんでした」

「ううん、ちっとも」

「じゃあ右京さん、お先に失礼します」

「お気をつけて」

一礼して店を出て行く美和子を見送ったあと、右京がさっそく訊いた。気になったことはなんでも確認しないと済まない性質《たち》である。

「変なことというのはなんですか？」

元妻はその質問も想定していたようだった。含み笑いをしながら、

「さっきね、美和子さんが、あなたとわたしはどうして別れたのかって尋ねてきたの。どういう理由で、どちらが先に別れ話を切り出したのかって」

「どう答えたんですか？」

「どうって、ありのままですよ。事実をそのままお話ししました」

「なるほど」

鹿手袋啓介は車で自宅兼事務所に帰る途中だった。携帯電話が鳴ったので、車を路肩に寄せる。恋人からの着信だった。

――いま、なにしてる？

「車。事務所に帰るとこ。どうした？」

――行ってもいい？

「いいよ。待ってる」

片山雛子に虚仮《こけ》にされてふさいでいた鹿手袋の気分が、一気に晴れた。それから事務所に帰り着くまでの道のりは気持ちが高揚し、駐車場に車を置いて出たときには鼻歌交じりであった。

だが、その鼻歌はだしぬけに中断されることになった。政経日報社の事務所の入った雑居ビルの物陰から突如人影が現われたかと思うと、そのまま体ごとぶつかってきたのだ。次の瞬間、鹿手袋は腹部が焼け付くのを感じた。

「おいこら、ナメたまねさらしとるさかい、こういう目に遭うんじゃ」

関西弁の強いなまりが鹿手袋の鼓膜を揺らした。どうやら脅迫電話の相手が刃物で襲ってきたものと理解できた。しかし、鹿手袋にはなす術がなかった。意識がみるみる遠のいていくのが実感できる。

男は鹿手袋の懐から財布を抜き取ると、中を検《あらた》めていた。そして、二千円札を発見すると、舌打ちして吐き捨てた。

「なんや、んな札まだあったんかいな、ボケ!」

男は紙幣をポケットに納めると、走り去っていった。薄らいでいく意識の中で、鹿手袋はなんとか携帯電話を引き寄せ、一一〇番に通報した。

その夜、首相補佐官の沢村久重が自宅マンションで死んでいるのが見つかった。寝室に続くドアのノブに延長コードをかけ、座った姿勢で首を吊っていた。

第一発見者は内閣官房長官の朱雀武比古だった。朱雀はすぐに首相秘書官の加賀谷を呼び出した。遺体を前にして声を失った加賀谷に対して、朱雀と行動をともにしていたSPが事情を説明した。

それによると、朱雀が議員仲間との会食を終え公用車で公邸に戻る途中、沢村から携帯電話に着信があったらしかった。これから自殺するという予告電話だった。朱雀は即座に運転手に命じて、沢村のマンションへ向かわせた。

「大慌てで駆けつけて、これを発見しました」

SPは目で遺体を示し、説明を締めくくった。

「しかし、沢村補佐官はなぜ自殺など?」

加賀谷が不審を表明すると、朱雀がそれに答えた。

「例の件だよ」

「盗聴器……でしょうか?」

官房長官は眼鏡の奥の目を細めると、重々しくうなずき、

「きみから沢村が怪しいと聞いて、問い詰めた。そしたら、認めたよ。穏便に済ませるから、まずはきみたちに詫びろと言ったんだが……その場は納得して帰ったんだがね」

「死んでしまったわけですね」

朱雀は再び沢村の遺体を睨みつけた。

「馬鹿なやつだ」


亀山薫は九段下病院の緊急処置室前の廊下で待機していた。麹町東署の管轄内の雑居ビル前で男が何者かに刃物で刺されるという事件が発生し、被害者がこの病院に担ぎ込まれたというので、駆けつけたのだ。

被害者は緊急手術を受けたばかりで、現在のところ意識不明の状態だった。幸い命に別状はなさそうだという。

緊急処置室のドアが開き、看護師が被害者の所持品を持って出てきた。薫がそれを受け取ったとき、携帯電話が鳴った。被害者の携帯に着信があったようだった。

慌てて携帯電話のディスプレイを見た薫は驚きを隠せなかった。そこには「奥寺美和子」と表示されていたのだ。そうそう同名異人がいる姓名でもない。薫は電話に出て確認することにした。

――もしもし。

受話口から聞き覚えのある声が流れてくる。

「美和子……か？」

――え？　薫ちゃん？

やはり恋人の美和子であった。どうやら被害者は美和子の知り合いだったようだ。奇妙な偶然に驚きながら、薫はすぐに九段下病院まで来るように、恋人に要請した。

タクシーで病院にやってきた美和子はかなり取り乱していた。すぐさま、薫に詰め寄ってくる。

「状態は？　助かるの？」

「意識不明の重体だ。詳しいことはまだわからない」

美和子ががっくりと肩を落とすのを見て、薫は慰めのことばを探した。

「だけどびっくりだな。おまえの知り合いだったなんて」

妙な間があき、さらに妙なせりふが続いた。

「知り合いじゃないの」

「え？」

美和子が深刻な表情になった。

「ただの知り合いじゃなくて……付き合ってるの」

「は？」

「付き合ってるのよ、彼と」

薫は混乱した。恋人の口から発せられた簡単なことばの意味が、にわかには理解できなかった。

「なに言ってんだ、おまえ？」

冗談でも聞き間違いでもなかったようだ。美和子はなにか覚悟を決めたような表情で歯を食いしばっている。

「意味わかんねえよ。付き合ってるって……あいつと？」

美和子は押し黙ったままだった。その沈黙を認めることが、薫にはできなかった。

「なんで、なんでそんなこと、いま言うんだよ」

「ずっと言おうと思ってた……」

「だからなんで、いま言うんだ！　汚ねえだろう、そんなの！」

美和子が両手で顔をふさぎ、その場にしゃがみ込んだ。薫は後先考えずに、病院を飛び出した。

ひとりになりたかった。薫は茫然自失の状態のまま麴町東署に戻り、トイレの個室に立て籠っていた。上蓋を閉めた便器の上に腰掛け、うなだれていたのだ。

ところがひとりにはなれなかった。すぐさま邪魔が入ったのだ。刑事課長の海音寺は薫をひとりにさせるつもりはないようだった。よりにもよって拡声器を持ってトイレに踏み込み、ドアひとつ隔てた場所までやってきた。

「亀薫！　おまえはすでに包囲されている。もう袋の鼠だ。観念して出てこい」

薫はうんざりして面《おもて》を上げた。おちおち落ち込んでもいられない。いまや海音寺はトイレのドアを蹴りながら、「出てこい、出てこい！」と叫んでいる。

呆れた薫は鍵を開けて、個室から出ることにした。

「出てきやがったな。いきなり現場放棄とはたいした度胸だよ、亀薫」

憮然とした表情の薫に向かって、海音寺が挑発する。ふと上司の姿を一瞥すると、トイレの入り口には人だかりができている。署の捜査員たちが興味深げにのぞいているのだ。薫はもはや笑い者の身であった。

「亀山ですけど。すいません。すぐ戻ります」

「いいよ、もう。現場はみんな足りてるから」

「だったら、帰っていいすか？」

「おう？」

「やることないなら」

「帰りたいってか？」

「はい」

「はきはきしてるねえ。そういうとこ、好感持てるぞ、この野郎」海音寺が再び拡声器のマイクを握った。スピーカーを薫の耳に向ける。「そんなに仕事したくねんならなあ、さっさと辞表出して辞めちまえ！」

薫は短気だった。いままでにもそれで何度も失敗しているが、喧嘩を売られると、買ってしまうタイプだった。

「わかりましたよ！　辞めますよ！　辞めりゃ、いいんでしょ！」

野次馬の人垣を掻き分けて廊下に出ると、薫は振り返ることもなく大股で歩き去った。

その背中に向かって、海音寺が拡声器で追い討ちをかけた
「おい、亀！　亀薫！　とっとと辞めちまえ、この亀野郎！」

四

翌朝、首相官邸の記者会見室では官房長官による定例会見が開かれていた。ただでさえ近づき難い堅物という印象の朱雀が、今朝はいつもにもまして暗い表情をしており、

記者たちもなかなか質問を切り出せないでいた。そんな中、恐れを知らない某社の若手記者が切り込み隊長を買って出た。

「沢村首相補佐官の自殺の原因はなんだと思われますか?」

朱雀が眼鏡の奥の目を光らせ、記者をじろりと見た。

「わかると思うかね? 私もただ驚いているだけです」

「そういう兆候はまったく見えませんでしたか?」

「見えたら止めていたに決まっている!」朱雀が突如大声を出し、若手記者が震え上がった。それを確認した朱雀は感情を鎮め、一転、余裕さえ感じさせる緩やかな表情で、「そうでしょう?」と、会場を眺めまわした。

朱雀が記者たちを煙に巻いているとき、同じ建物の別の階の廊下では、加賀谷と大八木が立ち話をしていた。

「とても信じられませんよ」と、大八木。「覚えているでしょ? 盗聴器が見つかったときの自信満々の態度」

「ええ。でも、あのあと官房長官に詰問されて、盗聴器の件は認めたそうですよ」と、加賀谷。

「だとしてもですよ。自殺するタマですかね?」

「いいじゃありませんか。我々の願いが叶ったのですから。呪いが成就して、あの世へ行ったんでしょう」

自分の発言を引用され、大八木は気まずくなった。

「我々が殺したって意味ですか？」

「そう考えて、これ以上余計なことに首を突っ込むのはやめましょう。なんの得にもなりませんよ」


特命係の小部屋でクラシック音楽の調べに酔いしれていた右京は、またしてもおせっかいな隣の部署の課長に邪魔された。

角田は部屋に駆け込んでくるなり、右京のヘッドホンをはずし、たったいま仕入れてきたばかりのニュースを変人の耳に流し込んだ。

「ビッグニュースだ！　ゆうべなんとかって首相補佐官が死んだの知ってるだろ？」

「ええ、朝刊で読みました。名前は確か……沢村久重」

「自殺だそうだ」

「ええ、今朝のニュースで官房長官の会見が流れていましたね。理由については不明とか」

「ところがどっこい、聞いて驚くな、犯人が現われた」

右京の目が輝く。

「それは驚きです。自殺のケースに犯人がいるというのは、相当の論理矛盾を来《きた》していますよ」

「もう……なんでそういちいち揚げ足取るかねえ」

右京はティーカップに紅茶を注いで、

「失敬。犯人が現われたとなると、つまり自殺ではなかったということですね」

「そういうことだよ」角田が勢い込む。「誰だと思う、犯人？」

「さあ、見当もつきません」

「前法務大臣、瀬戸内米蔵だ。さっき出頭してきて、現在捜一で取り調べ中。どうだ、驚いたろ」

右京のカップは宙に止まったままだった。

「ええ、驚きました」

「三人がかりかい？」

捜査一課の取調室では、瀬戸内が腕を組んでどっしり構えていた。刑事のほうが緊張しており、完全に主客が転倒している。

三人の刑事の中で最年長の三浦信輔が口火を切る。

「事情聴取に先立ちまして、弁護士のご用命などあれば承りますが」

伊丹憲一があとを引き継ぐ。

「どなたか言っていただければ、連絡いたします」

瀬戸内は目を閉じ、

「弁護士はいらねえ」

「そうですか……」

伊丹がそう言ったきり黙り込んでしまったので、瀬戸内が口を開く。

「動機かい？」

「はい。まずはそのあたりを話のとっかかりに」

「動機ねえ」瀬戸内は立ち上がり、窓際に移動した。外の景色を眺めながら、「言いたくねえ」

結局、瀬戸内はなにも具体的なことをしゃべらなかった。大物議員を持て余した伊丹はさっさと逮捕して送検したかったが、検察に借りを作りたくない上層部がそれを許さなかった。伊丹と三浦は現場を洗うという理由で示し合わせて去っていき、取り調べには一番若い芹沢慶二がひとりで当たることになった。

まだ口の利き方もわきまえていない芹沢は、怖いもの知らずだった。いきなりため口で「ぶっちゃけ、どうしてやっちゃったんですか？」と訊いたのである。瀬戸内は愉快に感じたらしく、やがて場の雰囲気がなごんで、気がつくといつの間にか、芹沢のほうが身の上話をしていた。

「ほう、島根出身かい」

「はい」

「どうして警視庁なんだい？　島根県警ってことは考えなかったのかい？」

「大学がこっちだったもんですから。それに、警視庁のほうが名前がかっこいいし。あ、これはここだけの話に」

「わかってるよ」

「で、ご両親はご健在なのかい？」

「はい、おかげさまで」芹沢もさすがにここではぐらかされていることに気づいた。「ぼくの身の上話じゃなくて、瀬戸内さんが話してくださいよ」

「俺は江戸っ子だ。実家は寺でね。子どもの頃に一度得度《とくど》したんだ。まあ、小坊主ってやつだよ」

「そんなことじゃなくて、訊きたいのは動機です」

「動機か……おまえさん、そればっかりだな」

このとき、取調室のドアがノックされた。芹沢が返事をする前にドアが開いて、杉下右京が入ってきた。

「あ、困りますよ。取り調べの最中です」

芹沢の抗議は、暖簾に腕押しだ。

「お邪魔はしませんよ」

「いや、だから入ってこられちゃ邪魔なんですよ。どうも話が嚙み合わないな、杉下警部とは」

瀬戸内が闖入者に目を留めた。

「やあ、杉下くん、元気かね?」

「おかげさまで。ご無沙汰しております」

「お知り合いですか?」

芹沢は知らなかったが、ふたりはかつて検察庁の妖怪と呼ばれる次長検事が絡んだ事件で、顔を合わせたことがあった。瀬戸内が法務大臣を辞める原因になった事件でもあった。

右京が瀬戸内に話しかける。

「非常に困っています」

「困ってる?」

「どうにも、あなたと殺人が結びつきません。つまり、釈然としない。いつかのあなたのことばが耳に残っているからでしょう。あなたが死刑執行命令書にサインをなさらない理由をお尋ねしたとき、こうおっしゃいました。『いまはこうして還俗《げんぞく》しているが、仏の戒めが重く心に残っている』と」

「そうだったかな」

瀬戸内はとぼけたが、右京は追及の手を緩めなかった。

「あなたのおっしゃっていた仏の戒めとは、即ち不殺生戒《ふせっしょうかい》です。当時、法務大臣というお立場にありながら死刑の執行命令を拒否されたのも、その戒めがあったから。つまりあなたは、生きとし生けるものの命を奪うことに非常に抵抗をお持ちだったはずです」

芹沢は右京の話についていけず、瀬戸内の顔をじっと見ていた。前法務大臣はじっと目をつぶり、右京のことばを吟味しているようだった。

「ところが、そんなあなたが今度は人を殺したとおっしゃる。この途方もない落差が困惑の種なんですよ」

「いいかねえ、杉下くん」ようやく瀬戸内が反論した。「そもそも戒律ってやつはなぜあるか、だ。守ろうと思っても守れねえから、戒律ってものがあるんだ。殺したくなくても殺してしまうから、不殺生戒ってのがある。どうだい。これで十分答えになったろう？」

右京はここで芹沢に向き直った。

「どうして殺したのか。つまり動機。それについては、なんとおっしゃってるんですか？」

「知りたきゃ自分で訊いてくださいよ。どうしても話してくれないんですよ」

「そうですか」今度は瀬戸内のほうを向き、「ならば、殺害の手口について詳しくお聞かせ願えませんか？」

「いまは答えたくない」

「意地悪言わないで答えてくださいよ」

芹沢が泣きを入れると、瀬戸内が譲歩するように言った。

「捜査の進展によっては考えてもいい」

右京がパソコンで調査した内容を確認した。

「亡くなった首相補佐官、沢村久重さんは元防衛官僚だったようですね。平成二年に防衛庁を辞められて、その後は安全保障問題のアナリストとして民間でご活躍だった。そして昨年、安全保障政策のアドバイザーとして首相補佐官に就任、官邸の一員となった」

「そうだ」

「沢村さんとは、あなたが防衛庁の政務次官だった頃、お知り合いになったのですか？」

瀬戸内の目が愁いを帯びた。

「うん。かれこれ十年にはなるな。調べたのかい？」

「取り急ぎ。調べられる程度のことは」

「彼は私の一番若い友人だった」

瀬戸内が回想するように言うのを、芹沢が聞きとがめた。

「お友だちを殺しちゃったんですか？」

「だからそうだって言ってるだろう！」瀬戸内は芹沢を一喝すると、右京の目をのぞき込んだ。「これで、もっと詳しく調べてみる気になったかい？」

「ええ、そのつもりです」

「頼もしいね」

大物代議士の頬がわずかに緩んだ。

右京が部屋に戻ると、警察庁長官官房室長の小野田公顕《こうけん》が以前の相棒の席に座っていた。新聞を広げたまま、特命係の変人のほうを見もせずに言う。

「お帰り。お邪魔してました」

右京も警察庁の実力者と視線を合わせずに、

「いらしてたんですか」

「おまえのことだからね、余計なことに首を突っ込んでるんじゃないかと思って」

「余計なことというのは、ひょっとして瀬戸内さんの件ですか？」

「大騒ぎですよ、各方面」

右京がようやく小野田と向き合った。

「いまお目にかかってきました」

「やっぱりね。もう首を突っ込んでましたか。で、どうでした？」

「まるでお話になりませんねぇ」

「どういうこと？」

小野田が興味を示すと、右京が自分の考えを述べた。

「おそらく新聞記事以上の情報は、お持ちじゃないのでしょう。あれでは到底犯人にはなれません」

「自首は狂言ってこと？」

右京が左手の人差し指を立てた。疑問を提示したり、自説を披露したりするときの癖だった。

「少なくとも自殺ということには疑問をお持ちなのでしょうが、証拠があるわけじゃない」

「なるほど。犯人が出れば、とりあえず自殺は覆せるという読みか」小野田は納得したように何回かうなずくと、「ときどき無茶するんだよね、あの人。だから実力派なのにあまり出世しない。ぼくみたいに無茶しなければ、実力がなくても結構出世できるのに。もったいないね」

右京は苦笑することしかできなかった。

薫は短気を起こしたことを反省していた。勢いで辞めると言ったものの、その決断は早計すぎた。何事もなかったかのように出署すると、海音寺が怖い顔をして待ち構えていた。その海音寺が手招きした。

「おい、亀」

「おはようございます」

薫は課長席の前まで行くと、深々とお辞儀をした。

「亀、いま何時？」

薫はおずおずと腕時計を見ながら、

「十一時十五分……あ、いま十六分になりましたかね」

「重役出勤じゃんかよ」

「すみません」再び深く腰を折ると、「あの、どんな顔して出てこようか迷ってたもんで。で、その迷っているうちにですね、刻一刻と時がこう……」

海音寺がデスクから立ち上がり、薫の弁解を遮った。いつの間にか柔和な顔になっている。

「俺はこう見えても竹を割ったような性格だ。ゆうべのことは許してやる」

「あ、そうっすか」

「いまから九段下病院へ直行しろ。ガイシャの意識が戻ったそうだ。いましがた連絡があった。事情聴取してこい」

薫の喉元に苦いものが込み上げてくる。

「俺がですか？」

「俺はいま、誰としゃべってるんだ？」

海音寺の一見穏やかに見える瞳の奥に憤怒の炎を認めた薫は、抵抗を止めた。

重い足取りで病院に着いた薫は、迷った末に美和子に電話することにした。携帯がつながり、気まずい思いで通話する。

「ああ、俺だ」

——うん。

「どこにいる？」

——え、仕事場だよ。

「そりゃ、そうか」

一瞬間があった。美和子の息遣いから、なんとか話題を探しているのが薫にはわかった。

――あっ、ねえ、知ってる？　大変なんだよ。

「なにが？」

――瀬戸内米蔵が自首してきたの。

「瀬戸内さんが自首？　なにしたんだ？」

――人殺し。薫ちゃんとこの管轄の事件だよ。ゆうべ、首相補佐官が死んだでしょ？

「朝刊でちらっと見たけど。自殺じゃないのか？」

――ところが瀬戸内米蔵が今朝、自分が殺したって警視庁本部に自首してきたの。

「まさか……」

――ごめん、薫ちゃん。そんなわけで、いま、ゆっくり話してられないんだ。

「ああ、わかった」

――今夜は帰るから。

薫はそれには答えずに、当初の用件を口にした。

「意識、戻ったぞ」

それだけ言うと、携帯を切った。すぐに売店で朝刊を買い求め、首相補佐官自殺のニュースをチェックした。当然ながら、まだ瀬戸内の自首については載っていない。新聞をたたんで、ワークパンツの腿の部分のポケットに突っ込んだ薫は、ひとつ大きく深呼吸をすると、鹿手袋の病室に向かった。

　意識は取り戻したものの、鹿手袋の体はまだ自由が利かないようだった。ベッドに横たわったまま、首だけ回してこちらを向く。

　病人の目が薫を捉えて、少し緊張が走ったように見えた。もしかしたら、向こうも自分のことを知っているのかもしれない。薫は極力感情を排する努力をして、恋敵を客観的に眺めてみた。髪の毛が後退しているせいか、年齢は自分よりもかなり上に見える。ずるそうな目、小言ばかり言いそうな口、総じて小悪党のような風貌だ、と薫は思った。しかし、やはり主観が強く混じっているのかもしれない。

「麴町東署の者です」

　あえて名前を名乗らず、事情聴取を開始する。

「ご迷惑をおかけします」

　鹿手袋がかすれた声で殊勝に言った。薫はベッド脇の椅子に座った、幾分早口になる。

「五分間だけということですので、さっそくおうかがいします。犯人に心当たりはありますか？」

「あります」

「誰ですか？　名前は？」

「名前はわかりません。暴力団員だと思いますが」

「関西方面の人ですか？ 事務所の留守電に脅迫めいたメッセージが残っていたようですけど」

「ええ」

「暴力団員とトラブってたんですか？」

「前に関西に住んでたことがありましてね。そのときにちょっかい出した女に性質《たち》の悪い男がくっついていて……そいつでしょう」

鹿手袋は苦しそうに一気にしゃべった。

「なるほど。じゃあ、その女性の連絡先を教えてください」

「携帯の番号を知っていたんですが、もう不通になってます」

「それじゃ名前を」

「リカコ」

「苗字は？」

「わかりません。リカコも本名かどうか……」

「飲み屋かなんかの女性ですか？」

鹿手袋が咳をしながらうなずく。

「ならば店の名前を」

「ハレンチ学園」

淡々とメモを取る薫の手が止まった。

「それ、飲み屋じゃないでしょう?」

「飲み屋かなんかの、なんかのほうですよ」

薫が絶句していると、鹿手袋が薫のワークパンツのポケットから半分突き出ている新聞に気づいた。

「それ、今朝の朝刊ですか?」

「そうですよ」

「首相補佐官が死んだんですか」

「ええ」

「なんで死んだんですか?」

「さあ、自殺ということですけど……あのね、あなたの質問に答えてる時間はありませんよ」

「失礼。続けてください」

「じゃあ、あとひとつだけ。奥寺美和子とはいつから?」

その質問の意味を理解した被害者の顔が観念したように強張った。

「亀山さん……ですか?」

薫は手帳を閉じ、鹿手袋と向き合う。

「ええ」

「これは偶然ですか、それとも……」

「偶然です。たまたまこうなっただけです」

鹿手袋は病室の天井を見つめて、

「半年ほど前からです。でも、知り合ったのはもっとずっと前、彼女が帝都に入社した頃ですが……」

それを聞いて、薫は合点がいく気がした。

「あんたも帝都新聞に？」

「政治部にいました」

このとき病室のドアがノックされ、看護師が顔をのぞかせた。

「恐れ入りますが、もうそろそろ」

「はい。もう済みました」薫は看護師が立ち去るのを待って、鹿手袋に言った。「よかったよ。あんたがこんな状態のときに会えて。じゃなきゃ……」

薫が憤りを押し殺して立ち去ろうとすると、背後から鹿手袋が呼びかけた。

「亀山さん。官邸に盗聴器が仕掛けられていたと思いますよ」

思いがけない情報の提供に驚く薫を気にすることもなく、鹿手袋が続ける。

「永田町はおたくの管轄でしょ？　騙されたと思ってお調べになってみてはいかがですか」

この情報にどのような意味があるのだろうか。薫にはどう扱ってよいか、判断がつかなかった。

五

朱雀官房長官はＳＰ二名を伴って、首相官邸に入ってきた。マスコミ各社の番記者たちが、一斉に群がってくる。朱雀は意識して温和な表情を取り繕った。記者のひとりが質問を放った。

「官房長官、自殺と発表された首相補佐官の件ですが、妙な具合になってますね」

朱雀は歩みを止めず、鷹揚な口調で答える。

「いやあ、びっくりしたねえ」

「自殺なんですか？」

「自殺でしょう。警察がそう断定したんだからね」

他の記者が食いついてくる。

「しかし、瀬戸内前法務大臣が自首してますよ」

「陽気のせいだろうか。いや、そういうのは春先が相場か……」

戸惑う記者たちを振り切って、朱雀は上階の執務室に向かった。

ひとりになった朱雀の脳裏に、数日前の沢村の不敵な笑みが蘇ってくる。

沢村に命じて首相官邸に盗聴器を仕掛けさせた張本人は朱雀だった。ところが偶然にも加賀谷に嗅ぎつけられてしまったため、朱雀は足がつかないよう、沢村に辞職を求めたのだ。機密費から拠出した五千万円もの現金を退職金代わりに差し出して。ところが沢村は、「こんな金は要らない」とはねつけた。そればかりか、逆にこう求めてきたのだ。

「それよりも官房長官。あの木偶《でく》どもをおとなしくさせてくださいませんか。仕事がしづらくてかないません」

この脅し文句を聞いた瞬間、沢村が勝手にこの官房長官執務室にも盗聴器を仕掛けていたことがわかった。そして、自分を脅迫するに足るだけの秘密を握っていることも。

「私はあなたの忠実な僕《しもべ》です」

白々しく笑った首相補佐官の顔を思い出し、朱雀はこぶしをきつく握りしめた。

右京が慎重に紅茶を淹れていると、背後に人の気配を感じた。振り返ると、かつての相棒が立っていた。

「ああ、きみでしたか。どうしました?」

薫は居心地悪そうに体を揺すっていた。

「忘れ物したみたいなんで」

そう言って、これみよがしにデスクの引き出しを開ける。

「そうですか」

薫は空の引き出しの奥にわざとらしく手を伸ばしながら、

「ああ、そうだ、ちょっと小耳に挟んだんですけどね」

そう前置きすると、先ほど鹿手袋から聞いたばかりの情報を、かつての上司に流した。結局ひとりでは処理できずに、頭は抜群に切れる反面、いたって変わり者である特命係の警部の助けを仰ごうと考えたのだ。

「盗聴器ですか」

右京が興味を示したので、薫がたたみかける。

「信憑性についてはなんとも言えません。首相補佐官の事件に関係があるかどうかもわかりません。けど、官邸つながりで、なんかキナ臭い感じはするでしょ？　どうせあなたのことだから、もう首を突っ込んでると思って」

「はい？」

「補佐官の事件ですよ。瀬戸内さんが自首してきたっていうじゃありませんか。だから、ひょっとしてなんかの役に立つかと思って、言ってみただけですけど」

右京は紅茶をひと口啜り、背筋を伸ばした。

「非常に興味深い情報です。どうもありがとう」

「いえ。それじゃ。俺は先を急ぎますので」

「忘れ物はあったんですか？」

「あ、なんか勘違いだったみたいです」

言い訳して出て行こうとする薫を、右京が呼び止めた。

「ときに亀山くん」

「はい」

「怒ってますか？」

「は？」

「ぼくのそっけない態度にきみが傷ついたという人がいるものですからね。もしそうならば、一応釈明だけはしておきたいと思いまして。傷つきましたか？」

「別に傷ついちゃいませんし、怒ってもいませんよ」

本音を言えば、本人を目の前にしてそんなことを訊く右京の無神経さにむかっ腹が立ったが、作り笑顔で答えた。

「そうですか。しかしきみは怒っているとき、必ずぼくを〝あなた〟と呼びますからねえ」改めて薫の目を見て、「本当に怒ってません？」

「怒ってませんよ！　怒ってないって言ってるでしょうが……あ、これはいま怒ったんですからね。とにかく、俺は急いでいるんですよ。さよなら！」

どうして右京は相手の感情を逆なでするようなことばかり口にするのだろう。薫はここへ来たことを半ば後悔しながら、足早に去っていった。

瀬戸内米蔵が留置管理課の係員に連れられて警視庁の会議室にやってくると、小野田公顕と片山雛子が待ち構えていた。

瀬戸内は恥ずかしそうに笑うと、「差し入れかい？」と先制パンチを繰り出した。

「冗談を言ってる場合ですか」

雛子が頬を膨らませると、小野田が前法務大臣に説明する。

「彼女がどうしても会いたいというものですからね、お連れしました」

「さすがきみの神通力は大したもんだ。久しぶりだな。どうだい、調子は？」

「はい？」

瀬戸内の質問の意味がつかめず小野田が戸惑っていると、瀬戸内がクラブを振るしぐさをしてみせた。警察庁の実力者と大物代議士はゴルフ仲間だったのである。

「おかげさまで、すこぶる不調です」

「ざまあみやがれ」瀬戸内は愉快そうに笑うと雛子に向かって、「で、なんだい？」

雛子が真面目な顔になる。

「どういうおつもりですか？」

「ん？」

「先生が人殺しをなさるなんて、誰が信じると思ってるんですか？」

小野田が補足する。

「私はともかく、杉下右京はまるっきり信じてませんでしたよ。洟《はな》も引っかけない感じでしたね」

「でも、杉下くんは動き出したろ？」

瀬戸内が問うと、小野田がにやりとした。

「ひどく興味を持ったようですからね。あの男は結果が出るまで突っ走りますよ」

わが意を得たりという表情で、瀬戸内が指を鳴らした。雛子がそれを見とがめた。進言するために、体を乗り出す。

「こんなまねをなさって、先生のダメージは計り知れませんよ。それをよくお考えですか？　場合によったら、政治生命も終わりです」

「雛ちゃん、俺に説教しに来たのかい？」

「お坊さんに説教できるほど、偉くありません」

「うまいこと言うねえ」

瀬戸内がはぐらかすと、雛子が鼻を鳴らした。瀬戸内の目が真剣味を帯びた。

「友人が死んだ。自殺でもねえのに自殺にされちまった。政治生命惜しんでる場合じゃねえんだ」

「だとしてもです。百歩譲って先生のおっしゃるとおりだとしても、先生ならばほかにもっとスマートなやり方があったんじゃないですか？」

「やつは自殺じゃねえ。確たる証拠はねえが、もう一度調べ直してくれ」ここで瀬戸内は小野田のほうを向いた。「俺があんたにそう頼んだらどうなる？」

小野田はちょっと思案するような表情になり、

「ほかならぬ瀬戸内米蔵のご要望ですから、再捜査を命じます。非公式になりますが」

「だろうな。真剣に調べるかなあ？」

「保証はできません」

「ならばだ、『俺が殺した』という人間が現われたらどうなる？」

「殺人事件になりますから、再捜査の真剣度はぐっと増すでしょう」

「公式な再捜査になるな？　世間も騒ぐから、きちんとした結果を出さなきゃならねえ。そうだろ？」

「ええ」

大物代議士が美人代議士に教え諭すように言った。

「そういうことだよ、雛ちゃん」

面会を終え、小野田公顕と片山雛子が廊下を歩いていると、ばったりと杉下右京と出くわした。右京が小野田に皮肉を浴びせた。

「まだいらっしゃったんですか?」

「一旦戻って、また来たんですよ」少々むきになって言い返すと、雛子に向かって、

「紹介しましょう。これが噂の杉下右京。いけ好かない男ですよ」

いけ好かない男が慇懃無礼とも言えるほど丁重にお辞儀すると、小野田は次にその右京に対して、

「こちらは衆議院議員の片山雛子さん。知ってるでしょ?」

「ええ、お顔はテレビで何度か」

「むさ苦しいジジイばかりだから、目立つよね。ご覧のとおりの美人だし」

ふたりが互いに自己紹介を済ませたところで、小野田が提案した。

「ちょうどよかった。ちょっと場を移しましょう」右京の耳元に口を当て、「瀬戸内さんが白状しました」

日比谷公園を散策しながら、小野田が直前の面会内容を右京に語った。天気がよく、

公園の噴水がすがすがしく見えた。

「やはり嘘でしたか」

「窮余の一策といったところかな。訊いたらね、沢村補佐官が死んだ日、本人と電話で話したんだってさ。いつもとまったく変わらなかったらしい。次の休みに食事の約束までしたのに、夜になって突然自殺しちゃうなんてあり得ない。そう考えてるみたい」

「なるほど」

雛子が気になっていたことをふたりに訊いた。

「理由はどうあれ、先生はなにか罪に問われるんじゃありませんか？　それが心配です」

小野田が目で合図をし、右京がこの質問への回答役となった。

「ご心配には及びません。むろん、真相が明るみ出たとき、世間が瀬戸内さんをどう評価するかはわかりませんが、少なくとも法律上は無傷です」

「そうなんですか？」

「虚偽の告訴、あるいは告発その他の申告をした者は、当然罰せられます。刑法百七十二条、虚偽告訴です。しかし、それはあくまで自分以外の誰かを罪に陥れるためになされた行為を想定している。つまり、瀬戸内さんのように、ご自分が犯人だと虚偽の申告をされても、適用されません」

右京は雛子がうなずくのを待って、先を続けた。

「あるいは今回の一件が既に殺人事件として捜査中であったならば、瀬戸内さんの行為は、犯人隠匿もしくは隠匿収賄の罪に問われる可能性があります。しかし、事件は自殺として処理されているものですから、こちらも適用外。とどのつまり、瀬戸内さんの嘘の自首を罰するための法律は存在しないんですよ」

右京の流暢な説明を聞いて、雛子は意外な顔をした。

「ならば、先生はまったくの無罪放免ですか？」

「いえ、たぶん叱られますねえ。然るべき人に小言のひとつもいただいて、場合によっては始末書の一枚ぐらいは書かされるかもしれません」

右京が小野田に目をやった。小野田が咳払いをする。

「とりあえずぼくのほうからきつく叱っておきましょう」

「先生は『絶対に自殺じゃない』とおっしゃってますけど、本当にそうなんでしょうか？」

右京が正解を知っているかのように、雛子が迫った。

「さあ、わかりませんが、いずれにしても詳しく調べてみる価値はあると思います」

「瀬戸内さんはね、彼女のお父上の盟友だったんですよ。彼女のお父上が片山擁一《よういち》だってことは、わかってるよね？」

小野田の問いかけに、右京は笑顔で応じた。

「ええ、もちろん。亡くなられたのは、確か五年前でしたか?」

「ええ」と、雛子が目を伏せた。

「ご存命ならば、いま頃は総理大臣だったでしょうにね」

小野田が気遣いを見せると、雛子は過去の思い出を振り払うように、

「父が亡くなったあと、瀬戸内先生は父親代わりのように、わたしの面倒をみてくださってるんです」といった。


瀬戸内の事情聴取を芹沢慶二に押し付けた伊丹憲一と三浦信輔は、死んだ沢村のマンションに来ていた。しかし、ひととおり捜査が済んだあとだったので、新たな発見はなにもなかった。苛々した伊丹は、隣の寝室を調べている同行者に声をかけた。

「そっちはどうだ? なにか見つかったか?」

「塵ひとつ残ってません。清掃業者なみですよ。あっぱれな鑑識作業ですな」

同行者は鑑識課の米沢守だった。伊丹が「なんとしても殺しの痕跡を発見しろ」と、無理やり現場に連れてきたのだが、当の米沢は現場にいるのが楽しいらしく、黒縁眼鏡の奥の目尻を下げて喜んでいる。その米沢をさらに喜ばせる事態が起こった。数少ない友人である、特命係の警部が突然現われたのである。

「おや、こんなところで」

「お久しぶりです」

ふたりが挨拶を交わしているのを見つけた伊丹が、天を仰ぐ。

「出た！」

三浦はすかさず歩み寄って、

「これはこれは警部殿、相も変わらず妙なところでお目にかかりますねえ」

「麹町東署にお邪魔しましたら、あなた方が現場にいらっしゃるとお聞きしたものですからねえ、ひとつぼくも交ぜてもらおうかと。で、なにか発見できましたか？」

「さあね」

捜査一課の刑事ふたりは顔を背けて去っていったため、米沢が右京の問いに答えた。

「いいえ、なにも」

「やはり、自殺でしょうか？」

「それは微妙ですね」米沢がカバンから現場写真を取り出した。「ご覧のとおり、延長コードによる窒息死です。喉には特に掻きむしったような傷跡はありません。つまり、延長コードを首にかけてから窒息するまで、じっとしていたと考えられます」

「ええ」

「甘んじて窒息を待ったとなれば、それは覚悟の自殺ですが……」

米沢の言わんとするところを、右京は正確に理解した。

「誰かが体を押さえつけて窒息を待っても、同じ結果になりますね」

「そのとおり。遺体は座った姿勢ですから、それが可能です」

「つまり、その誰かが首に延長コードをかけた可能性もある」

米沢が自分の見解を述べる。

「しかしその場合も、単独では難しいかもしれません。大の男の体の自由を奪ったうえで、その首に延長コードをかけるのは、なかなか骨の折れる仕事です」

「共犯ですか。ひとりが体を押さえつけ、もうひとりが延長コードで首を絞める」

右京が米沢の首にコードを巻きつけるふりをすると、米沢は死んだふりをした。すぐに生き返ると、

「そのほうが無理がないでしょう」

「いずれにしても殺人を疑う余地は十分にある。それなのに、どうして自殺と断定されたのでしょうねえ」

「おそらくそれは、第一発見者の証言に重きが置かれたからだと思います」

「第一発見者というのは？」

「官房長官ですよ。内閣官房長官、朱雀武比古」

米沢はカバンから今度は実況見分調書の控えを取り出し、右京に渡した。右京はざっ

と目を通し、

「なるほど。駆けつけたとき、玄関の鍵は閉まっていたようですね」

「ええ、部屋は密室状態だったようです」

「密室ですか……」

右京がなにやら考え込んだ。

六

その日の夕方五時、右京は首相官邸に出向き、加賀谷首相秘書官を訪ねた。小野田から手を回してもらい、その時間に朱雀官房長官とのアポを取り付けたのだった。

加賀谷が右京を案内し、官房長官執務室まで導いた。ドアをノックして開けると、仏頂面をした眼鏡の男がデスクから顔を上げた。初めて生で見る朱雀武比古だった。

「警視庁の杉下さんをお連れしました」

加賀谷が説明し、朱雀がうなずいたところで、右京は頭を下げて、名乗った。

「杉下です」

「ようこそ」値踏みするような目で特命係の警部を見ると、手でソファを示す。「まあ、どうぞ」

「その前にちょっと」

そう言うと、右京は壁のコンセントに向かい、しゃがみ込んだ。コンセントを検めると、次に棚に置かれたスタンドランプを取り上げた。慎重に底をなでて元に戻した右京は、執務机に歩み寄り、固定電話をひっくり返した。

「杉下さん？」

刑事の奇妙なふるまいに呆れた加賀谷が声をかけると、右京が説明した。

「失礼。これからデリケートなお話をしますから、用心のために。万が一にも盗聴などされたら困りますからね」

「なかなか愉快な男じゃないか」

朱雀が鷹揚なところを見せると、加賀谷は「はあ」と漏らして、非難がましい目を右京に向けた。

「ま、立ち話もなんだ。おかけなさい。それともまだ調べますか？」

「いいえ、もう結構です」

ふたりは高価そうな応接セットに対面して座った。朱雀が険しい顔で言った。

「あまり時間がない」

「承知しています。要点だけをかいつまんで」

「なにが訊きたいんだね」

「沢村補佐官の遺体を最初に発見されたのは官房長官だそうですね」

「図らずもそういうことになった。正確に言えばＳＰ——外にいただろう？——彼らも一緒だ」

「会食を終えて、公邸に戻られる途中、これから死ぬという電話を受けたそうですね」

「そうだ」

「玄関の鍵は閉まっていたそうですが」

「ＳＰが管理人に掛け合って鍵を借りた。詳しく聞きたいなら呼ぼうか？」朱雀は加賀谷を手招きした。「あ、きみ、彼らを……」

「いえ、それには及びません」右京はそれを固辞し、「現場検証の結果、玄関の鍵は沢村補佐官ご本人がお持ちだったようです。スペアキーも部屋に保管されていた。それから管理人が保管していた鍵。通常、鍵の数はこの程度ですね」

「かもしらんね」

うなずきながらも朱雀は、眼前の刑事がなにを言いたいのか把握できずに翻弄されている気分だった。決して気持ちのよいものではない。

「窓もすべて鍵がかかっていた。つまり、官房長官が駆けつけたとき、沢村補佐官の部屋は密室状態だったわけですよ」

「密室か」朱雀が冷たく笑った。「探偵小説じみた煽情的なことばだね。まあ、そういうことだったようだ」

「ここでひとつ疑問です」右京が左手の人差し指を立てた。「なぜ、沢村補佐官は鍵を閉めてしまったのでしょう。言い換えれば、なぜ、ドアを開けておかなかったのか？」

「それがなにか？」

思わず加賀谷が口を挟んだが、右京はあくまで朱雀に向かって説明を続けた。

「一般的に自殺の予告電話をする場合、実は死にたくないケースが多い。つまり、一種のSOSです。本当に死にたい人は未遂に終わってしまうことを最も恐れますから、予告電話などしません。しかし、沢村補佐官は予告電話をされた。わざわざSOSを発して駆けつけてもらったのに、鍵を閉めてしまったのではせっかくのSOSも役に立ちません。どうも、そこが引っかかるんですよ」

右京が滔々《とうとう》と自説を述べる間、官房長官は黙り込み、視点を壁の一点に据えていた。秘書官のほうは落ち着きなさげに目をきょろきょろさせている。右京は秘書官に問いかけた。

「どうお思いになりますか？」

「予告電話が必ずしもSOSとは限らないでしょう。それに……そう、単純に沢村補佐官は習慣的に鍵をかけてしまっただけかもしれません」

「ええ、そのとおりです」

右京が同意を示すと、朱雀がひと言でまとめた。

「細かいことだ」

右京は官房長官を振り返り、

「細かいことが気になってしまうんですよ。ぼくの悪い癖」

「自覚があるならば、直したまえ」

「恐れ入ります」右京は深くお辞儀をすると、「しかし、今回のケースでは細かいことと見過ごせません。なぜなら、官房長官が駆けつけたときに部屋が密室状態であったことが、自殺説を強力に支持しているからです。密室だったからこそ、沢村補佐官が死んだあと、部屋には人の出入りがなかったと考えられている。これが仮に、玄関に鍵がかかっていなかったとしたら、どうでしょうか？　今回のケースを簡単に自殺と断定できたとは思えません」

朱雀が目を細めて右京をねめつけた。加賀谷も汚らしいものでも見るような視線を寄こしている。それでも右京はまったくひるまなかった。

「沢村補佐官の死に方は、自殺と言えば自殺と言えます。しかし一方、他殺の線も決して排除できない。にもかかわらず、いとも簡単に他殺の線を捨ててしまっているのは、官房長官、あなたが沢村補佐官から自殺の予告電話を受けて部屋に駆けつけたという事実、そして、駆けつけたときに部屋は密室だったという事実、このふたつがあったからこそではありませんか？」

官房長官は感情を押し殺した声で、

「さあ、当局がなにをどう判断したかには、関知していない」

「それからもうひとつ。なぜ警察に通報する前に、こちらの加賀谷秘書官をお呼びになったのですか？」

「彼は警察庁の人間だ」

「もちろん承知しています」

「官邸の人間でもある。事情を知った人間が陣頭指揮を執ることが望ましい。一種の危機管理だよ」

「つまり情報統制が必要という意味ですか？」

「そういう必要があった場合に備えての措置だ。ま、今回は結果的にその必要はなかったが」

「なるほど」

朱雀が腕時計を顔の前に掲げ、時間を確認した。

「ああ、そろそろいいかな？」

「はい、結構です。お忙しい中、お邪魔して申し訳ありませんでした」

官房長官は敬礼でもするかのように右手を頭の横へ持ってきた。

「会えてよかったよ」

「恐縮です」

右京は丁寧に一礼した。執務室から玄関までは再び加賀谷が右京を送った。廊下を歩きながら加賀谷が本音を述べた。

「非常に不愉快でした」

「はい？」

「あなたの態度です」

「そうですか。それは申し訳ない」右京は悪びれずに、「ところで、あなた方は首相補佐官の存在を快く思ってらっしゃらないそうですね」

首相秘書官は無礼な刑事を無視したが、刑事のほうはどこ吹く風と話し続ける。

「伝統的に官邸に人員を送り込んでいる各省庁の皆さんは首相補佐官を嫌ってらっしゃるそうですが、それは本当ですか？」

「そもそも首相補佐官は必要ないんですよ」

うまく誘導されて、加賀谷がつい答えてしまった。とたんに右京の瞳が輝く。

「必要ありませんか？」

「我々秘書官がいれば十分です。アメリカをまねたのか、補佐官制度を導入しましたが、ほとんどと言っていいほど機能していない。要するに無駄です。税金の無駄遣い」

「なるほど、税金の無駄遣いですか。あなた方高級官僚の口から、そのことばが出るとは意外でした」

　加賀谷は口を滑らせたことを自覚し、憮然とした。右京が嵩にかかる。

「むしろ、税金の無駄遣いならば構わないんじゃありませんか？」

「どういう意味でしょう？」

「首相補佐官が役立たずであるならば、大して気にはならない。しかし、逆に精力的に仕事をしようという優秀な補佐官が出現した場合には、あなた方にとって脅威です。違いますか？　鬱陶しくてたまらない」

「確かに鬱陶しいかもしれません。あなたのようにね」

「はい？」

「いつもあなたは、そうやってやたらに人を不快な気分にさせるんですか？」

「そんなつもりは毛頭ないんですがねえ」

　加賀谷のあてこすりは、まったく効いていなかった。

　薫のマンションは一触即発のムードだった。美和子が腕組みをして、鼻をふくらませた。

「だからなに？」

「女たらしだ」

薫のほうはソファの上で胡座《あぐら》をかき、美和子を睨みつけている。

「だから？」

「だからも糞もあるか。あいつは女で問題を起こしている。その事実をおまえに話してやっただけだ」

「知ってるよ、そんなこと。前に話してくれた」

開き直られると、薫に返すことばはない。ソファに目を落とすと、美和子が言った。

「気持ちはわかるけど、そんなこと言ったって……」

ついに薫の感情が暴発した。

「どうわかるんだよ！　俺の気持ちがどうわかるんだ！　半年だぞ。半年おまえに騙されてきたんだぞ、俺は！　さぞかし楽しかっただろうな。おめでたいやつって半年間、俺を笑ってたんだろ！　そうやってふたりして楽しんでたんだろ！」

同時に美和子のほうも、感情の堰が決壊した。

「悪いと思ってるわよ！　すまないと思ってる！　でもどうしろって言うの？　どうしたらいいの？　教えてよ！　ひざまずいて詫びろって言うならそうする！　土下座しろって言うならそうするわ！　なんでもする！　だけど、彼とは別れられない！」

もはやどちらも相手のことばには耳を傾けていなかった。ふたりのむき出しの真情は、お互いのことばと重なって吐露され、不協和音のように反響した。興奮に駆られて、自分がなにを言っているのかさえ、ふたりともわからない状態だった。

薫のほうがほんの少し先に口をつぐんだので、美和子の最後のことばだけが宙吊りになって、はっきりと聞き取れた。

『だけど、彼とは別れられない！』

決定的なひと言だった。薫が敗北感に打ちひしがれていると、これ以上ないというまずいタイミングで携帯電話が鳴った。

「くそっ！」

頭に血が昇った状態で、ディスプレイの表示も確かめずに、電話に出る。とたんに変わり者の元上司の声が聞こえてきた。

──亀山くんですか？

「なんか用ですか！」

薫の口調は喧嘩腰だった。

──用事がなければ電話しません。

右京のいつもの口癖を聞き、薫は舌打ちした。

「忙しいんです。またにしてください」

──そうですか。

「それじゃ！」

怒り収まらぬ薫は、力を込めて電話を切った。

薫から一方的に電話を切られた右京が、携帯電話をしまって永田町の街角を歩き出したところ、「杉下さん」と呼び止める声があった。運転手つきの車に乗った片山雛子だった。

「どちらへ?」

「これから帰るところです」

右京が答えると、雛子はなじみの料亭へ右京を誘った。格調の高そうな高級料亭だった。中庭にしつらえられた鹿威《ししおど》しの乾いた音が耳に心地よい。父親の片山擁一がひいきにしていた店だったらしい。

「いい度胸なさってる」

雛子が右京の猪口にお酌しながら、笑う。

「はい?」

右京が徳利を手に取り、相手の酒器を透明な液体で満たす。

「官房長官のところに乗り込むなんて」

献杯のあと、猪口を口に運んで、右京は高価な日本酒を舐めた。

「なにしろ第一発見者ですから。直接お目にかかりたかったんですよ」

「収穫はありました？」

「ええ、ひとつだけ」

「なんですか？」

昼間は清純そうに見える雛子がこういう場で小首を傾げると、妙に妖艶に感じられる。

「どうやら、官邸に盗聴器が仕掛けられていたようです」

「盗聴器？」

「おそらく間違いありません」

雛子が絶句したところで、右京の携帯電話が振動した。薫かと思ったが、別の人間であった。「失礼」と雛子に断わって縁側に移動し、電話に出る。

「杉下です」

——あれほど失礼のないようにって言ったじゃない。

本気で怒っているのかどうか判然としない、小野田の声だった。

「はい？」

——ひどくご立腹でしたよ、官房長官。さっそくお叱りの電話が入りました。紹介者のぼくの顔は丸潰れです。

「そうですか。ご迷惑をかけてしまったようならお詫びします」

——ま、いいや。それは当然予想していたことだから。それより、瀬戸内さんのこと、官房長官に話した？

「というと？」

──瀬戸内さんの自首が真っ赤な嘘だってこと。

「どうかしましたか？」

──どういうわけか、官房長官、知ってるみたいなんだよ。瀬戸内さんが根拠もなく自殺を疑って、あんな暴挙に出たこと。

「なるほど」

──瀬戸内さんの事情を知っているのは、ぼくとおまえと片山さんだけでしょ？

「ええ、おそらく」

──ぼくは当然話していない。おまえも話していない。となると、片山さんから官房長官へ伝わったということかしら？

「可能性がないとは言い切れませんね」

──ちょっと気になったものですから、連絡しました。

「わざわざどうも。それでは」

右京が電話を切って座敷に戻ると、雛子が食い入るように見つめている。

「小野田さんからの電話でした」

「そうですか」

「ぼくのふるまいが気に障ったらしく、官房長官から小野田さんのところへ抗議の電話がいったようです」

「なにをなさったんですか？」

雛子が嫣然《えんぜん》と笑う。

「特になにも。ごくふつうにふるまったつもりですが」

「それなら官房長官だって、お怒りにならないでしょう？」

「やましいところがあれば別ですよ」

「え？」

「やましいところのある人間は、往々にして相手のふるまいに過敏になるものです」

「それって、官房長官にやましいところがあるってことですか？」

「いいえ。一般論を申し上げたまでです」

右京が酒を飲み干すと、雛子が上体を乗り出して注ぎ足そうとした。右京が相手の耳に囁きかける。

「ところでひとつ気になることを耳にしました」

雛子が体をひねって、右京を見上げた。

「なんでしょう？」

「小野田さん曰く、官房長官は既に瀬戸内さんの魂胆をご存じのようですよ。どうやってお知りになったのかはわかりませんが」

雛子の顔が少し強張った気配を察して、右京が続ける。

「あるいは単なる推測かもしれません。沢村補佐官の自殺に絶対的な自信があれば、瀬戸内さんの自首が嘘だというのは当然の結論になりますからねえ。まあ、いずれにしても相手は内閣官房長官です。我々の予測できない情報網をお持ちである可能性も考慮に入れておく必要がありそうですね」

雛子は大きく息をつくと、突然謝辞を口にした。

「ごめんなさい」

「はい？」

「わたしです。昼間、官房長官に呼びつけられました。わたしが瀬戸内先生と面会したことをご存じで、先生の狙いはなんだと訊かれたのです。恫喝されたと言ったほうがいいかもしれません」

雛子は顔を伏せ、声をつまらせた。

「官房長官に脅されたわけですか？」

「わたしの立場では、朱雀武比古の恫喝を撥ね返すことはできません。申し訳ありませんでした。瀬戸内先生にも口止めされていたんですけど……」

「構いませんよ」右京はさほど深刻に受け止めていないようだった。「早晩、瀬戸内さんの嘘はばれたでしょうからねえ。それに瀬戸内さんの役目はもう終わっています」

「えっ？」

雛子が愁眉の顔になる。

「見事、疑惑の大海原に船を浮かべました。あとは我々の仕事です。その船の舵を取って、目的地を目指すだけ」

「針路を誤らない自信はおありですか」

美人代議士の質問に、特命係の警部は胸を張って答えた。

「もちろんです。言うまでもありませんよ」

七

翌日の午前中――。

警視庁の刑事部長室では、刑事部長の内村完爾《かんじ》警視長と参事官の中園照生警視正が、瀬戸内米蔵を前に渋面を浮かべていた。内村が苦々しい表情で口を開く。

「僭越ながら警視庁を代表して、あなたには不快の念を申し上げます」

「誠に申し訳ない」

瀬戸内が頭を下げた。中園が丁寧な口調で精いっぱいの小言を述べる。

「我々としてはどうにもできませんので、どうかできるだけ速やかにお引き取りいただけますか」

瀬戸内はもう一礼すると、刑事部長室をあとにした。

刑事部のフロアでは芹沢がふたりの先輩刑事に質問をしていた。

「捜査打ち切りって、マジっすか？」

「ああ」

三浦が興味なさそうに答えると、伊丹がそれをフォローした。

「これが俗に言う、長いものには巻かれろってやつだ。巻かれ慣れると、案外快感だぞ」

後輩をからかいながら、鑑識課の米沢に電話をかける。

――米沢です。

「ああ、伊丹だ。麴町東の資料、もういらねえから、捨てちまえ」

――了解しました。

瀬戸内が桜田門にそびえるビルから出てくると、小野田公顕が迎えにきていた。公用車に瀬戸内を乗せて送り届ける道すがら、今朝発令された人事異動について告げる。

「本当かね。で、どこへ移るんだ？」

瀬戸内が驚いて訊くと、小野田は軽い調子で答えた。

「同じ長官官房内の異動ですが、教養課です」

「捜査は終了、きみは降格か……俺の責任だな」

前法務大臣は悔しそうに嘆いたが、前警察庁長官官房室長は意外と落ち込んでいなかった。

「しかし、ご安心ください。本命の杉下はまだ野放し状態のようですから」


その杉下右京は特命係の自分の席で考え事をしていた。かつて亀山薫が座っていた席には、今日もまた組織犯罪対策五課の角田が陣取って、新聞を広げていた。

そこへ以前の住人がふいに姿を現わした。すぐに人の気配に気づいた角田が紙面から視線を上げる。

「おお、亀ちゃん」

「おはようございます」

照れくさそうに挨拶する亀山を、角田が大喜びで迎え入れる。

「おはよう、おはよう。どうした?」

薫は角田を無視して、奥にいる右京に話しかけた。

「右京さん、おはようございます」

「おはようございます」

「ゆうべはその……」

薫が言いよどむと、右京が先に謝った。

「きみの都合も考えずに電話して、申し訳なかったですね」

「いえ、こちらこそ、つい……すみませんでした」

薫が頭を下げると、右京は笑いながら許した。

「気にしないでください」

「で、用事はなんだったんですか？」

「盗聴器の件で電話しました」

「盗聴器？」角田が素っ頓狂な声を上げた。「盗聴器ってなんだよ？」

右京は真面目な顔で、

「主に室内に仕掛けて会話を盗み聞きする機械です」

「これだよ」角田が薫に告げ口する。「おまえがいなくなってから、この人、ずっとこの調子なんだよ。底意地の悪さに拍車がかかった」

「それはさておき、盗聴器が仕掛けられていたことは間違いないようです。ついては、きみが誰からその情報を聞いたのか知りたくて、電話しました。紹介していただけませんか？　ぜひお目にかかりたい」

薫の脳裏を恋敵の顔がよぎった。

「俺がですか？」

「きみ以外の誰に紹介してもらえばいいんですか？」

右京のもっともな質問に対して薫が答えに窮していると、鑑識課の米沢が入ってきた。

「失礼します。おや、亀山さん、里帰りですか？」

「いや、そういうわけじゃ……米沢さんこそなんの用事ですか？」

「ゴミを捨てに参りました」

米沢が突然意味不明な発言をした。

「は？」

優秀な鑑識員は目を輝かせながら、茶封筒やファイルを掲げた。

「沢村補佐官の事件の現場検証資料一式です。捜一のほうでもう必要なくなったそうなので」

「なるほど」

「これも一種のリサイクル」

右京と米沢は共犯者めいた眼差しを交わし合った。

自由の身になった瀬戸内米蔵は、小野田に送ってもらって首相官邸を訪れた。目的地は官房長官執務室だった。瀬戸内がふいに顔をのぞかせたとき、朱雀はなにかの資料に目を通しているところだった。

「ああ、これはようこそ瀬戸内先生」

「お邪魔しますよ」

「どうぞどうぞ」

朱雀はうわべだけは愛想をつくってソファを手で示しながら、

「しかし、アポイントを取っていただければ、非常によろしかった」とチクリとくぎを刺した。

瀬戸内はソファに腰掛けて煙草をパッケージから一本抜いた。

「ひらにご容赦を。けど、下手にアポを取って逃げられたら、元も子もないからなあ」

とぼける瀬戸内に、朱雀は表情も変えずに正対して座った。

「そんな失礼はいたしません。まずはご無事のご帰還、なによりです」

慇懃無礼を絵に描いたようなオーバーな所作で頭を下げる朱雀とそれを見下ろす瀬戸内の間に、一瞬、ピリピリと緊張が走った。

「さっそくですが、官房長官」瀬戸内が煙草を一服して、用件に入った。「大人気ないまねはやめてもらえませんか？」

「ん？　なんでしょう？」

「小野田くんの件です。彼はなんら関係がない。元に戻してやってください」

「なにか誤解されているようです。調べたところ、彼はずいぶんけしからん男でしてね。息のかかった警視庁の刑事を操って、個人的に利用していた節があるんです。その旨、警察庁長官に伝えて善処するよう要請しただけです」

瀬戸内が渋い顔になるのを見た朱雀は、一気に形勢逆転を図った。

「まあ、そんなことより、申し開きをお聞きしましょうか」

「申し開き?」

「あなたこそ、ずいぶん大人気ないまねをなさったじゃありませんか。釈明をどうぞ」

「私は小野田くんの件で話しに来たんです」

「だから、それは説明したとおりです」

ここまで気持ちを鎮めていた瀬戸内が、だしぬけに感情をあらわにした。

「それが気に入らねえって言ってるんじゃないか!」

「相変わらず気の短い方だ」

含み笑いを漏らした官房長官も突然豹変した。高圧的な命令口調で先輩議員を罵倒する。

「いいですか!　あんたの協力者はあんたと同罪!」そして、激した心情はそのままに、口調だけは穏やかに締めくくる。「心配しなくても、いずれあんたにもお灸をすえてやるから、おとなしく待ってなさい」

本性を現わした朱雀に対し、瀬戸内も決して負けていない。

「そうだよ。はなっからそうくりゃ、こっちも気持ちよく話ができたんだ」

改めて向き合った大物政治家の間で、静かな火花が散った。


「やっぱ、ひとりで行ってもらえますか？」

九段下病院が見えてきたところで、薫の足が止まった。

「はい？」

「俺の名前出せば、話は通じると思いますんで」

不思議そうな顔をする右京に具体的な説明はせずに、薫は踵を返した。

取り残された右京はひとりで病室を訪ねたが、部屋には誰もいなかった。病人はトイレかもしれない。お見舞いの贈り物らしい豪華なアレンジメントフラワーをしばらく眺めているうちにドアが開き、予想が当たったらしいことを知った。予想外だったのは、病人に肩を貸して、奥寺美和子が一緒に入ってきたことだった。

「右京さん！」美和子も意表を突かれていた。とりあえず鹿手袋に説明する。「こちらは警視庁の杉下さん」

「杉下です」

美和子の新しい恋人はすぐに事情を察した。

「盗聴器の件ですか？」

「詳しくおうかがいしたいと思いまして」右京はかいがいしく世話をする美和子へ目をやり、「あなたにお目にかかるとは思いませんでした」

美和子は曖昧にうなずくと、鹿手袋がベッドに横になるのを手伝った。楽な姿勢になった鹿手袋が訊いた。

「やっぱり官邸にありましたか？」

「おそらく間違いないと思いますが、あなたはどうしてそれを？」

美和子も興味を持ったらしく、恋人に問い質す。

「ねえ、どういうこと？　官邸に盗聴器が仕掛けてあったの？」

「ああ」美和子には簡潔に答えた鹿手袋は、右京には丁寧に説明した。「いまや東京の街のいたるところに盗聴電波が飛び交っています。それをときどき聴くのが、私のストレス解消法なんですよ」

「なるほど」

「そんなわけで、あの日も……かれこれ二週間ほど前になりますか……永田町で私のレシーバーが予期せぬ電波を拾ったんですよ」

「それが官邸からの電波だったというわけですか」

「どうして官邸からの電波だとわかりました?」

「ええ」

右京の質問に鹿手袋が即答する。

「聞こえてきたのが官房長官の声だったからです。朱雀武比古の特徴的な低い声です。電話で誰かと話しているようでした」

「官房長官はどんな話をなさってました?」

「ゴルフがどうとか釣りがどうとか。特に印象に残るような内容じゃありませんでしたね。文字どおりプライベートな電話ですよ。だからこそ、盗聴器に間違いない」

右京はその話を吟味したうえでうなずくと、

「相手がどなたかはわかりませんか?」

「部屋に仕掛けられた盗聴器からの電波でしたから、電話の相手まではわかりません。私がお話しできるのはこの程度ですが、お役に立ちました?」

「非常に参考になりました。突然お邪魔して申し訳ない」

「いつでもどうぞ」

「それではお大事に」と一礼した右京は、なにかを思い出したようだった。「ああ、ひとつだけ」

「はい?」

　右京はアレンジメントフラワーを指差した。

「これはお見舞いですか？」

「ええ」

「どちらからでしょう？」鹿手袋が怪訝な顔になったのを見た右京は、「失礼ながら場違いなほど豪華な花なので、さっきから気になっていたのですよ」

「この人、こういう人？」

　鹿手袋が訊くと、美和子は苦笑しながら小さくうなずいた。委細構わず、右京は続ける。

「これだけ立派な花ですと、贈り主は名札を立てたりしますが、これにはありません。贈り主が名札はつけなかったのか、あるいは贈られたあなたが名札を取ってしまわれたのか、気にし出すといろいろ細かいことまで気になってしまいます。ぼくの悪い癖」

　鹿手袋は呆れた顔になって、「片山先生の事務所から届いたんですよ」

「片山先生とおっしゃると、片山雛子さんですか？」

「そうです。私、片山先生の支持者なんですよ。仕事柄、顔見知りの議員は大勢います」

　満足した右京が部屋から出て玄関へ向かっていると、美和子があとを追ってきた。

「右京さん」

「ああ、どうも」

「あの……薫ちゃん、なにか言ってました？」

「なにかというと？」

「鹿手袋さんのこと……」

「元帝都新聞政治部記者で、いまは院内紙の記者。過日、暴漢に襲われて大怪我を負った……なにか聞き漏らしたことはありますかねえ？」

訊きたいことが訊けずにもじもじしている美和子に、右京が助け舟を出した。

「少なくとも、あなたと鹿手袋さんの関係については、なにも言ってませんでしたよ」

「……そうですか」

ふたりの間に気まずい沈黙が流れる。それを嫌うように、右京が提案した。

「ところで、首相官邸の記者クラブにも帝都新聞の方はいらっしゃいますよね。ご紹介いただけませんか？」

帝都新聞の首相官邸の番記者は照山という男だった。アポを取って官邸に出かけると、照山は一階で待っていた。美和子が右京と照山を引き合わせ、そのまま食堂に移動する。

「噂話程度でも耳に入ってません？」

オーダーを終えた美和子が、盗聴器の件について質問した。照山は心当たりがなさそうに頭をひねったが、「当たって砕けろ、でやってみましょう」と席を立った。

照山は行動派だった。右京と美和子をその場に残すと、すぐに大八木秘書官との面会の約束を取り付けた。そしてストレートに盗聴器疑惑をぶつけたのである。

隙を突かれた大八木は対応に苦慮し、照山と同行者ふたりを秘書官応接室に招き入れた。そのうえで加賀谷秘書官に応援を求めたのだった。

「杉下さん」

応接室に足を踏み入れて、そこにいる人物を見るなり、加賀谷が不快な顔になる。

「その節はどうも」

名前を呼ばれた特命係の刑事が礼をする。

「あなたが嚙んでらっしゃると思ってましたよ」加賀谷は大八木の隣に座り、照山に対して言った。「これからの話は〝完オフ〟ということでいいですね」

「当面は致し方ありませんね」

照山が報道規制について了解した。

「どこからこの情報を？」

加賀谷から疑り深い視線を浴びせられても、右京はまったくたじろいだりしなかった。

「やはり事実なんですね」

「盗聴器が仕掛けられていたのは事実です。すべて回収済みです」

美和子の好奇心が頭をもたげた。

「犯人はわかってるんですか?」

「沢村補佐官です」

大八木が即答し、加賀谷に同意を求めた。加賀谷が口をへの字にして大きくうなずく。

「それは生前ご本人がお認めになったんですか?」

右京が鋭く突っ込むと、加賀谷がねちっこい口調で返す。

「官房長官に追及されて白状しました」

「沢村補佐官が死んだのは、その盗聴器の一件と関係があるんですか?」

美和子の質問に、加賀谷が自信に満ちた態度で答えた。

「あります。破廉恥な犯罪をとがめられて、自ら命を絶ったのです」

右京が大八木に「そうなんですか?」と確認を求めた。大八木は目を逸らしながら、

「そうだと思います」と回答した。

右京が質問を続ける。

「ちなみにおうかがいしますが、盗聴器はどちらに仕掛けられていたんですか?」

「首相執務室と官房長官執務室、それぞれの秘書官室、それから官房副長官室。あ、給湯室にもありました」

「閣議室には仕掛けられていなかったんですか?」

「ありません」

「なぜでしょう？」

「さあ」

加賀谷がうんざりした顔になると、右京の目が輝く。

「せっかく官邸に仕掛けるのならば、閣議室にも仕掛けたいと思いませんか？」

「あいにく私は盗聴器を仕掛けたいと思ったことはありませんからね。なんともお答えのしようがない」

加賀谷がいかに皮肉を言おうと、右京には通じない。

「もしも、沢村補佐官が盗み聴いた情報をご自分の仕事、つまり政策の企画立案などに役立てたいと思っていたならば、閣議室は欠かせない場所だったのではありませんかねえ。なにしろ閣議は議事録も残さないというほどの徹底した秘密主義で貫かれています。とりわけ自由な意見が交わされるという閣僚懇談のもようなどは、許されるならばぼくも盗み聴きしたいくらいですよ」ここで美和子のほうを向き、「どう思います？」

「確かに、わざわざ給湯室まで仕掛けてるくせして、閣議室に仕掛けないって法はありませんよね」

右京は加賀谷の目を見つめて、

「あるいはほかの目的で盗聴器を仕掛けたということでしょうかね？」

「わかりませんね、そんなことは」

加賀谷がそっけなく答えたので、大八木に訊き直す。

「どうでしょう？」

「私がわかるわけないじゃないですか！」

すかさず答えた大八木の声は、内心うろたえを隠せないかのように、少し裏返ってい
た。

その日の夕刻、右京は衆議院第一議員会館の瀬戸内米蔵の事務所を訪ねた。訪問したときには来客中だった。片山雛子である。右京はふたりを前に、昼間仕入れた情報を明かした。

「沢村くんが盗聴器？」瀬戸内は信じられないようだった。「なんのために？」

「さあ、それがいまひとつ判然としません。沢村補佐官をよくご存じのあなたならば、なにかわかるかと思ってお邪魔しました」

「さあ、わかんねえなあ。そもそも沢村くんがそういうものを仕掛けること自体、にわかには信じられない話だ」

「そうですか」右京は納得したようにうなずくと、今度は雛子に矛先を向けた。「ところで、官房長官から新たなアプローチはありましたか？」

「はい？」

と応える雛子に、「どういうことだい？」と瀬戸内がたたみかけた。

「官房長官は片山さんを、瀬戸内さんの協力者と見なしているようです」

「ええっ？　だったら雛ちゃん、おまえさんも次の選挙じゃ党の公認はずされるかもしれねえぞ」

雛子は毅然としていた。

「そのときはそのときです」

「おまえさんも、ということは、瀬戸内さん、あなたもですか？」

右京が訊くと、大物代議士は顔をしかめた。

「朱雀はな、俺にコンプレックスがあるんだよ。小野田くんもさっそくやられたよ。教養課の課長だってよ。聞いたかい？」

「いえ」

「となると、当然おまえさんも無事じゃ収まらねえな」

「ええ、ぼくもそう思います」

薫がマンションに帰ってくると、正面に見慣れぬ車が停まっていた。中から出てきたのは、警視庁警務部の主任監察官、大河内春樹だった。いつも白い錠剤を手放さず、時折それを音を立てて嚙み砕く癖があることから、ピルイーターとあだ名されている。薫はいまもこの強面《こわもて》の監察官になかなか心が許せないでいた。

「どうしたんですか？　こんなところで」

「よかったら乗りませんか」大河内は自分の車にさっさと乗り込むと、有無を言わさぬ口調で、「走りながら話しましょう」

都内を適当に走りながら、大河内がぼそりと機密事項を漏らした。薫はそれを聞いて、顔が青ざめた。

「クビですか？」

「そうしろと圧力がかかっています。残念ながら、あの人にはクビの理由は山ほどある。その気になれば、すぐにでも切れますよ」

「でも、そんなこと俺に言われたって……」

「抗いきれない圧力がかかっていることを知らせてあげてください。おとなしくしているよう、言ってください」

「そりゃ、無理ですよ。俺が言ったって聞くような人じゃありませんから。大体、なんで俺なんですか？　俺はもう特命係の人間じゃないし……」

「あなたは杉下さんの唯一の相棒ですから」いつも冷静な大河内の声に珍しく熱がこもった。「いいですか、亀山さん。今度こそ、杉下さんはクビですよ。私にできるのは、懲戒免職の発令を数日引き延ばすことくらいです」

八

翌朝、薫が警視庁の地下駐車場で待ち構えていると、予想どおり右京が現われた。どこかへ捜査に出かけるのだろう。いつもどおり、一分の隙もない身なりをした特命係の警部を、薫が呼び止める。

「なにか用ですか?」

「用がなきゃ来ませんよ」

「なるほど。なんでしょう?」

「今回の事件からは手を引きません?」

「はい?」

「なんて、言っても無駄ですよね」このとき薫の頭に天啓が降りた。「そっか、とっとと決着つけりゃいいんだ。まだ、時間はある。そうだよ、そうすりゃなんとかなる」

「どうしたんです、一体?」

薫は助手席側に回ると、勝手に乗り込んだ。

「行きましょう!」

「どこへですか?」

「どっかに行くんでしょ？」

右京が運転して向かうつもりだったのは首相官邸だった。大八木秘書官から話を聞こうと考えていたのだ。急な展開で、薫も同行することになった。


朱雀武比古は怒り心頭に発していた。盗聴器の件がどこかから漏れたらしく、マスコミの取材陣からしつこく追いまわされたのだ。なんとか振り切って執務室に戻った朱雀は、すぐに加賀谷と大八木を呼びつけた。そして、開口一番、怒鳴りつけた。

「馬鹿者が！　知らぬ存ぜぬで押し通せばよかったものを！」

加賀谷が精いっぱいの弁明を試みた。

「それで通る相手ではありませんので」

「杉下とかいう洟垂れ小僧か！　あいつももうすぐ終わりだ。おまえたちも終わりたくなかったら、せいぜい口を慎みなさい」

朱雀の口調は段々柔らかくなり、最後のほうはむしろ優しさが感じられるくらいだった。そのことが逆にふたりの首相秘書官の肝を震え上がらせた。

執務室から出るなり、大八木が加賀谷に訴えた。

「これ以上、私を巻き込まないでください。そもそも私はあなたから経緯を聞いただけで、あなた方の一味ではない」

加賀谷は目を見開くと、大八木に耳打ちした。

「一味呼ばわりは甚だ心外ですが、承っておきましょう」

面会することになった。

大八木は秘書官室に戻るなり再び呼び出され、気持ちの整理ができないままに刑事と面会することになった。

大八木が受付に下りると、杉下右京ともうひとり知らない人間が立っていた。きちんとした服装の警部に比べて、やけにラフな恰好の男である。男が懐からパスケースのようなものを取り出して掲げた。警察手帳である。男は麴町東署の亀山と名乗った。

杉下右京は、沢村補佐官の自殺を疑っているようだった。加賀谷が自信満々に自殺と断定したのに対して、自分のほうはあまり自信なさそうに認めただけ、という印象を抱いているようだ。

とにかく早く解放されたかった。大八木は自分の意見を、ふたりの刑事に打ち明けた。

官邸から引き上げる車の中で、薫の声が弾んでいた。

「瀬戸内さんに続いてふたり目の自殺否定者が出ましたね」

沢村の自殺については、加賀谷から報告を受けただけで、自分は具体的なことはなにも知らない。むしろ、直前の沢村の自信に満ちあふれた態度から考えると、自殺とは考えにくい。大八木はそう訴えたのだ。

すぐに楽観的になる薫と違い、右京は慎重だった。

「しかし、あくまで心証にすぎません。いずれにしても自殺を覆すには弱いですね」

このとき薫の携帯電話が鳴った。右京に断わりを入れて、出る。麹町東署の海音寺課長からだった。

「もしもし亀山です」

——そんなことはわかってるよ、おまえにかけてんだから。とっとと出て来い！

「あ、いや、今日は昼から出るって、さっき連絡を……」

——口答えすんじゃないよ。とっとと来いっつってんだ！

薫は首を傾げながら電話を切ると、

「課長でした。なんか、訳のわかんない人で……」

「きみがいなくても事件は解決しますから、大丈夫ですよ。きみにはきみの仕事があります。ぼくに付き合うのは無理でしょう。送ります」

右京といい海音寺といい、どうして自分の上司はいつも部下のやる気を殺ぐようなことばかり言うのだろう。薫は憮然とした。しかし、そう考えたのはいささか早計だったかもしれない。麹町東署で薫を待ち構えていた海音寺は意外と反骨精神の旺盛なところを見せたのである。

海音寺は薫をトイレに呼び出し、問い質した。

「おまえ、一体なにやってんだ？　官邸から電話が入った。亀山って捜査員が終わった事件を嗅ぎ回ってるが、いったいどういう料簡なのか説明しろってさ」

「まだ、事件は終わってませんから」

「ほお、沢村って補佐官が死んだのは自殺じゃねえってか。官邸は自殺と言ってるが」

「嘘ですよ、そんなの」

「嘘をついたのは瀬戸内米蔵とかいう政治家のほうじゃねえのか？」

「瀬戸内さんの自首は確かに嘘でしたけど、沢村補佐官は自殺じゃありません」

「証拠は？」

「決定的な証拠みたいのは、まだありませんけど……でも、疑いはあります。だから、調べるんです。課長、これはうちのヤマですよ。官邸の陰謀で自殺にされちゃいましたけど、そうじゃない、殺しです。俺たちの仕事ですよ！」

海音寺が新しい部下の懸命の訴えに耳を貸した。元来、圧力というものが大嫌いだったのだ。

「おまえの料簡はわかった。疑惑があるなら、決定的な証拠を挙げて来い。徹底的に調べろ」

まさか認められると思っていなかった薫は、ちょっと調子が狂った。

「いいんですか？」

「憚りながら俺さまはな、坊主とエリートが大嫌いだ。頑張れよ、亀！」

海音寺は薫の肩を叩くと、トイレを出て行こうとした。薫がぽかんとして見送っていると、なにかを思い出したように振り返る。

「あ、そうだ、例の犯人、挙がったぞ。なんてったっけ？　熊手だか猫の手だか、ふざけた名前の被害者……」

「鹿手袋？」

「そう、その鹿手袋を刺したやつ。いま護送されてる途中だ。夕方までには着くだろう」

ところが、大阪から護送されてきたその暴力団員は犯人ではなかった。鹿手袋に脅迫電話をかけたことは認めたが、事件当日にはアリバイがあったのだ。鹿手袋のほうも、写真を見るなり、その暴力団員ではないと断言した。腹を刺されて薄れゆく意識の中で確認したのは、もっと線の細い神経質そうな男だった、と。

その夜、〈花の里〉で薫は右京と合流した。カウンターに座って、鹿手袋襲撃犯について報告する。報告を受けた右京が話を要約した。酒が入っても右京の思考力が鈍ることはない。

「つまり鹿手袋さんは、自分を脅迫していた暴力団員とは面識がなかったというわけですか」

　薫は久々に味わうたまきの料理に舌鼓を打ちながら、

「よくよく聞いてみると、そういうことらしいですよ。相手はもっぱら電話で脅しをかけてきたそうです」

「どうして面識もないのに、その人に刺されたって言ったのかしら？」

　この質問はカウンターの中から放たれた。薫がたまきに向かって、説明した。

「犯人がいつもの口調だったから、間違えたみたいです。ベタベタの関西弁」

「でも声が違うでしょ？　わかるんじゃない？」

「刺されて重傷を負ってる最中ですからね」

「確か、鹿手袋さんの事務所の留守電には脅迫電話の声が残っていたんですよね？」と、右京。

「声紋鑑定で間違いなく被疑者の声と一致したそうです。ま、本人も脅迫電話をかけたことは認めてますから、当然ですけど」

「しかし、鹿手袋さんを刺してはいない……犯人は別にいる」右京はなにかを考えていた。「どうして鹿手袋さんは刺されたのでしょうか？　犯人が別人にしろ、刺された以上、それなりの理由があるはずです」

「え？　人の恨みを買いやすい男なんじゃないすか？」

　薫が自分の心証を交えて答えると、たまきができたての料理を小皿に取り分けながら、別の仮説を述べた。

「通り魔だったりして」

「かもしれない。一応、金品も強奪されてますから。通り魔か、はは、運の悪いやつ」

　酔いの回ってきた薫が刑事にあるまじき私情まじりの発言をすると、右京がきわめて客観的な感想を述べた。

「ベタベタの関西弁を使う通り魔強盗ですか。まったくあり得ないとは言いませんがねえ」

「鹿手袋の件はうちの連中が改めて調べてますから。それより俺たちは沢村補佐官の件に専念しましょうよ」

　薫が促しても右京は反応しなかった。一心になにかを考えているようだった。

「いいですか、右京さん。時間がないんですよ、時間が」

「少し黙っててもらえますか？」

　にべもなく言われて薫がむっとすると、気持ちを汲んだたまきがカウンターの中から酌をした。

「またふたりで捜査するなんて思わなかったわ」

「俺は気が進まないんですけどね」

　薫があえて聞こえるように軽口を叩く。右京にはまったく聞こえていなかったようだった。

「鹿手袋さんはまだなにか情報を持ってるのではありませんかねえ。彼の職業を考えれば、その可能性は十分にある。そう思いませんか？」

「どんな情報ですか？」

「さあ、それはわかりません。鹿手袋さんが盗聴器の件を知ったのは、官邸からの盗聴電波を傍受したからです。官房長官が電話で他愛のない話をしているのを聴いたとおっしゃっていましたが、果たしてそれは本当でしょうか？」

「なにかもっと重大な秘密を……？　右京さん、確かめに行きましょう！」

　薫が〈花の里〉を飛び出し、右京がそれに続いた。


　九段下病院の鹿手袋の病室では、もっぱら右京が質問役だった。薫は壁にもたれかかって、極力病人のほうを見ないようにしていた。

「なぜ犯人はいつもの口調のベタベタの関西弁だったのに、あなたの想像した人物ではなかったのか？　それは犯人が脅迫者の口調をまねたからではないでしょうか？」

　右京が質問しても鹿手袋が口を開かないので、まるで自問自答を繰り返しているようだった。

「なぜまねることができたのか？　あなたの事務所に残っていた脅迫電話のテープを聴いたからではないでしょうか？　なぜ聴けたのか？　それは犯人があなたの事務所に忍び込んだからでしょう。ならば、なぜ忍び込んだのか？　留守番電話のテープを聴くためとは考えづらい。それはたまたまでしょう。たまたま脅迫テープを聴いて、あなたを襲うときに利用したのだと思います。つまり、忍び込んだ理由はほかにある」

ようやく鹿手袋が重たい口を開いた。

「あなたのおっしゃる〝特殊情報〟ってやつですか？」

「ええ。犯人にとって、あるいは犯人側にとって都合の悪い情報をあなたが握っていたのではないか。それを調べるために、あるいはその記録を消し去るために犯人は事務所に忍び込んだのではないか……もちろんすべてぼくの勝手な想像ですが、なにか心当たりはありませんか？」

鹿手袋は再び口を閉ざしてしまった。寝返りを打って知らぬふりを決め込もうとしている。そのようすを視界の端で捉えた薫がベッドに突進した。鹿手袋の胸倉をつかみ、引き寄せる。

「おい、なんとか言えよ！　こっちは遊びで来てんじゃねぇんだぞ！　時間がないんだ！」

「亀山くん！」

右京が慌てて薫を引き剝がした。そのうえで鹿手袋に「申し訳ない」と謝罪する。

鹿手袋は息を整えると、右京に言った。

「杉下さん、あなたは非常に優秀な刑事さんだと聞きました」ここで薫を一瞥し、「美和子からです。正直なところ、あなたのいまのご想像について、私はなんとも判断しかねますが……おっしゃるとおり、情報は持ってますよ」

「ぜひ、それをお聞きしたいですね」

「片山雛子をご存じでしたよね？」

「ええ。確かこの花も？」

鹿手袋は首を縦に振ると、

「彼女は朱雀武比古の愛人です」

「なるほど」

「朱雀から片山雛子に多額の金が流れています。機密費からです。まあ、朱雀にしてみれば、愛人へのお手当てのつもりなんでしょうがね」

「そのことについて、あなたは片山さんになにかアプローチを仕掛けましたか？」

「まあ、多少は」院内紙記者は意味ありげに笑うと、「あ、念のために言っときますが、ユスリやタカリじゃありませんよ。未だベールに包まれている機密費の流れには非常に興味がある。こう見えて私、ジャーナリストですから」

収穫があったと判断した右京は、鹿手袋の病室を辞去することにした。鹿手袋とは視線を合わせずに部屋を出た薫は、「なにがジャーナリストだよ」と吐き捨てる。

右京がふてくされた顔の相棒を諭す。

「ぼくはきみに冷静でいられるかと尋ねたはずです。冷静でいる自信がないのに、鹿手袋さんに会うべきではありませんでした」

「いいじゃないですか。訊きたいことは訊けたんですから」

右京は無視して下りエスカレーターに乗った。薫はそれを追いかけて不満をぶつける。

「わかったような顔して、他人の私生活に干渉しないでくださいよ！」

「もとより干渉などしたくありません」

右京が反論した直後、それを試すような偶然が起こった。奥寺美和子が向かいの上りエスカレーターに乗ってきたのだ。

薫にはエスカレーターの動きがいつも以上に遅く感じられた。美和子の姿が少しずつ近づき、やがて声が届く範囲になった。右京は自分の発言を裏づけるようにだんまりを決め込んでいた。すれ違いざま、美和子は右京に目礼をし、右京も軽く会釈した。いたたまれなくなった薫は、右京の横をすり抜けてエスカレーターを駆け下りた。

九

　薫はすべてを投げ出したくなったが、自暴自棄になるのをなんとか思いとどまった。翌朝も警視庁の地下駐車場で待ち伏せしていると、右京が現われた。この変わり者の警部のよいところは、本当に他人の私生活には干渉しない点だった。昨夜のことにはお互い一切触れずに、その日の捜査が始まった。

　ふたりが向かったのは、衆議院第一議員会館の片山雛子の事務所だった。右京はさっそく美人代議士に疑惑をぶつけた。

「まさか、わたしが？　本気でおっしゃってます？」

　今日はパンツスーツ姿でいつも以上に活動的に見える雛子が右京に笑いかけた。

「失礼を承知でお尋ねしています」

「ならばこちらからもお尋ねします。一体誰がそんなことを言ってるんですか？」

「ご存じなんじゃありませんか？」

　雛子は腕を組んで立ち上がると、

「ひどいデマや中傷が飛び交うんですよ、この世界は」

「まったくのデマですか？」

　薫が訊くと、雛子は余裕の表情を見せた。

「もちろん」

右京がようやく情報提供者の名前を口にした。

「鹿手袋さんをご存じですよね？」

「彼がデマの出所ですか？」

「どうしてそう思われるんですか？」

「そういうお仕事の方でしょう？」

「なるほど。しかし、根も葉もないでたらめでは商売にならない。鹿手袋さんの情報には、それなりの信憑性があると思いますがねえ。ま、いずれにしても邪魔な存在ですよね？」

「は？」

「事実にせよ、デマにせよ、特殊情報をネタにつきまとわれたら非常に迷惑ではありませんか？」

「真剣に相手をするつもりはありませんから」

「あなたにそのつもりがなくとも、相手からアプローチを仕掛けられたらどうなさいます？」

「なにが訊きたいんですか？」

矢継ぎ早に繰り出される右京の質問に、つとめて冷静に答えようとしていた雛子だったが、さすがに苛立ちを隠せなくなってきた。

「実は鹿手袋を襲った犯人を捜してるんですよ」と、薫。

「まさか、わたしが鹿手袋さんを襲ったとでも？」

「とんでもない」右京が笑いながら否定した。「襲ったのは男性です。それは間違いありません」

「うちには男の秘書がいますよ。ならば秘書ですか？」

「さあ、どうでしょう。確かめてみないことにはなんとも」

苛立ちでは済まなくなって、雛子が声に憤りをにじませた。

「馬鹿も休み休みおっしゃってください！」

「あくまでもひとつの可能性として申し上げただけです。どうかお気を悪くなさらずに」

そのときドアがノックされ、初老の男性秘書が顔をのぞかせた。

「お話し中、申し訳ありませんが、次の予定が……」

雛子はそそのかすように右京を見つめて、

「彼なんかどうですか？　小松原といいますが」鼻を鳴らすと、秘書に向かって、「話はもう終わったわ」

右京と薫はこれ以上ここに留まる理由がなかった。ふたりが去ったあと、雛子は小松原を呼び止め、いまの刑事の疑惑について伝えた。

「笑えるでしょう。言うに事欠いて……そんな馬鹿馬鹿しいまねすると思う?」煙草に火を点けながら、「ねえ、聞いてる?」

雛子が顔を上げると、小松原が固まっていた。

「どうしたの? あなた、まさか……」

秘書が突然床に膝をつき、土下座した。

「申し訳ありません……」

あり得ないことがあり得た驚きに、雛子はおもむろに煙草を揉み消すと、鋭い口調で詰問する。

「誰にやらせたの?」

「私の人脈です」小松原の声は震えていた。「先生が生涯お知りになる必要のない。長年こういう稼業をしておりますから、そういう人脈も……」

「頼まれもしないことを!」

雛子は激しく一喝した。

「先生をお守りしたい一心でした」

「やめて。聞きたくない。わたしは一切なにも聞かなかったことにする。いいわね?」

「はい。私は先生になにもお話ししていません」

一心不乱に頭を下げ続ける小松原に、雛子は背中の沈黙で応えていたが、ふと何かを思いついたかのように横を向いて、再び煙草を点けた。そして深々と一服吸うと、静かな声でゆっくりとこう言った。

「それから……これからわたしが言うのは独り言。聞くのは勝手よ」

「はい」

「万が一、あなたが警察に捕まったとしたら、たとえあなたの一存だったとしても、わたしはとても傷つくわ。それが一番困る。あなたに警察に捕まってほしくない。でも、捕まらない保証はない。困ったわ」

雛子は煙を吸い込んで、心から悩むような顔になった。

「あなたが生きている限り、わたしはずっとハラハラしなきゃならないのね。生きてる限り……ずっと……」

小松原がおずおずと雛子の顔を見た。

「ほかにご用がなければ、私はこれで引き上げさせてもらってよろしいでしょうか？」

「いいわ。ご苦労さま」

小松原は深々と一礼すると、部屋から出て行った。

その夜、小松原が飛び降り自殺をしようとしたのを止めたのは、右京と薫だった。片山雛子に揺さぶりをかけたふたりは、彼女がどう動くかを見張っていたのである。ところが、この秘書のようすがおかしかったのであとを追い、あるビルの屋上から身投げしようとするところを、間一髪防ぎ止めたのだった。

ふたりの刑事は小松原の身柄を警視庁に移し、取調室で自殺未遂の背景を訊いた。しかし、小松原は黙秘を貫き、ひと言もしゃべろうとしなかった。

「これはぼくの想像ですが、あなたが自殺するという方法が最も片山さんへのダメージが少ない。そう考えたのではないですか？」

右京がかまをかけても、口を割ろうとはしない。ふたりが秘書を持て余していると、激しい勢いでドアが開いた。伊丹と三浦が取調室に入ってくる。

「所轄の亀山ぁ～」伊丹が薫を挑発する。「我が者顔で本部を歩くんじゃねえよ」

「おまえらには用がない。出てけ！」

薫は捜査一課のふたりを押し戻そうとしたが、伊丹がするりと抜け出して右京の隣に立った。

「この自殺未遂の秘書さん、もらってきますよ」

「おい、勝手なまねするな」

薫が抗議すると、伊丹が嬉しそうに言い返す。

「てめえこそ勝手なまねしてんじゃねえよ、バーカ。死のうとしただけの人を、なんで取り調べんだよ？」

「どこかからの命令ですか？」

右京の質問には三浦が答えた。

「片山って代議士に連絡したでしょう？」

「身柄を引き取りに来てほしいと申し上げましたが」

「来られないから送り届けてほしいそうですよ」

「てめえら、パシリかよ」

薫はさんざん悪態をついたが、抵抗もここまでだった。伊丹と三浦は小松原を立たせると、連れて出て行った。

「ちっくしょう！」

薫が悔しがっていると、地下のほうからなにかが爆発するような音がした。右京の顔色が瞬時に青ざめた。脱兎の如き勢いで取調室から飛び出していく。薫もあとに続いた。

地下駐車場では、伊丹と三浦、それに警備の警官がパニックになっていた。コンクリートの地面には初老の秘書が倒れている。小松原が一瞬の隙を突いて警備の警官の拳銃を奪い、自らの頭を撃ち抜いたのだった。

伊丹と三浦はすぐさま刑事部長室に呼びつけられた。内村警視長からは罵倒され、中園警視正からは激しい叱責を受けた。自分たちの気の緩みが原因であることは歴然としていたので、刑事ふたりは返すことばもなかった。

薫が監察医務院の遺体安置室でぼんやり小松原の亡骸《なきがら》を見下ろしていると、静かにドアが開き、職員に案内された片山雛子が神妙な顔をして入ってきた。

薫は皮肉のひとつも言ってやりたくなった。

「ようやくお出ましですか」

感情を殺した表情のまま秘書の遺体を見つめる美人代議士に、右京が語りかける。

「よほど死にたかったと見えます。まるでなにかに追い立てられるように、お亡くなりになりました」

薫の憤りは収まらなかった。

「なぜ、死ななきゃならなかったんですか？」

雛子は仮面のような顔のまま、首を小さく左右に振った。

「見当もつきません」

なおも詰め寄ろうとする薫を、右京が外に連れ出した。

「あのままほっとくんですか？」

薫が不満を口にすると、右京が慰める。

「きみの気持ちもわかりますが、いくら問い詰めても無駄でしょう」

ふたりの姿を認めて駆け寄ってくる男がいた。伊丹憲一だった。伊丹はいきなり薫につかみかかると、高圧的に言った。

「やつはなにをやった？」

「なんだよ、放せよ」

薫が手を振り払おうとしたが、伊丹は食い下がる。

「なんかやらかしたんだろ？　だからおまえらが調べてたんだろ？」

「てめえにゃ関係ねえよ！」

「俺はな、目の前で死なれたんだぞ！」

「てめえがヘマするからだろうが！　死人に口なしだ！」

正論を言われて肩を落とした伊丹は、薫から離れて右京の前へ移動した。

「なにやったんすか？　意地悪しないでくださいよ」すがりつくような目で特命係の警部に訴える。「やつが善良な市民じゃ困るんですよ。せめてなにかやらかしてくれてないと……」

同じ頃、警視庁では三浦が記者に取り囲まれていた。「事情を聞かせてください」「警察の銃が使われたのは本当ですか？」と口々に質問を浴びせてくる。三浦は記者を振り切ってエレベーターホールへと急ぐ。エレベーター待ちの時間に追ってきた記者に再び囲まれてしまった。群がる記者の中には帝都新聞の奥寺美和子も交じっていた。

「三浦さん、教えてください！」

ようやく到着したエレベーターに逃げ込みながら三浦が言った。

「彼氏にでも訊いてくれ！」


警視庁に戻る車の中で、助手席の右京がつぶやいた。

「鹿手袋さんの事件と沢村補佐官の事件、根っこは同じかもしれません。鹿手袋さんが盗聴電波によって得た情報は、当然、沢村補佐官も持っていたと考えられます」

「片山雛子と官房長官の愛人関係ですか？」

「それと機密費の流用疑惑です」

「それを嗅ぎつけたせいで沢村補佐官は殺されたってことですか？」薫はハンドルを握ったまま考えて、「ならば、犯人は官房長官？」

右京は平然としたまま、

「なにしろ第一発見者ですからね。捜査のセオリーどおりならば、最初に疑わなければならない人物です」

「共犯者がいるんでしょう？」

「おそらく。殺害の手口から犯行は複数と考えたほうがすんなりします」

「だったら答えは簡単ですよ」薫が自信を持って告発した。「動機のある人間は、官房長官の朱雀武比古とその愛人、片山雛子」

十

翌日の午後。告別式の帰りに瀬戸内米蔵は片山雛子を料亭に誘った。

「雛ちゃん、おまえさんとふたりで故人を偲びたいと思ってね」

瀬戸内が雛子の猪口に酒を注ぐ。喪服姿の雛子は口をつけずに立ち上がった。庭園の見える縁側のほうへ移動しながら、

「わたしね、先生……誰かのために命を犠牲にする人って尊いと思ってた。美しいと思ってた。でも全然違う。ただそういう役割の人なんですよ」

瀬戸内の猪口を持つ手が止まった。いぶかしむような視線を雛子に向ける。雛子は縁側に座ると、自分に言い聞かせるようにしゃべり続けた。

「実は誰かの犠牲によって守られる人こそ、尊くて美しい人なんです。犠牲を払って守る人と、その犠牲によって守られる人」

「んんっ」瀬戸内は同意しかねて、「なあ、雛ちゃん」

雛子の顔が突然強張った。

「いいかげん、その呼び方やめてもらえますか?」

瀬戸内がことばを呑んだのを見て、雛子は表情を和らげた。

「よちよち歩きだった雛ちゃんですけども、もう二十八になりました」

「これは失敬。ねえ、片山先生、俺は小松原がなんで急に死んじまったか、その理由は知らねえ。でも、たぶん、片山先生、俺はいまあんた以上に堪《こた》えている。なにしろ長い付き合いだ。あんたの親父が初当選した頃からだから、かれこれ三十年になる」

瀬戸内はおもむろに立ち上がると、雛子の隣まで行き、縁側で胡座をかいた。

「その小松原がこの間、俺に耳打ちした」

「え?」

「悩んでたよ、あんたのことを。ひどく案じてた。親父の選挙区を継がせてこの世界に引っ張り込んだのは失敗だった、と後悔もしてた。なんだかわからないでもねえなあ」

雛子の目に強い意志の力が宿る。

「失敗かどうか結果が出るのは、もっとずっと先ですよ」

そこには瀬戸内が赤ん坊の頃から知っていた友人の娘とは全く別人の、女性の政治家が立っていた。

右京と薫は衆議院第一議員会館で、沢村久重の死亡時の朱雀武比古のアリバイを調べていた。その結果、朱雀のアリバイはちょっとやそっとでは崩せそうにないことがわかった。

　薫が新しい仮説を思いつき、右京に披露した。

「女だったら単独で殺害するのも可能じゃないですかね。誘惑してベッドに引きずり込んで、上に乗っかる。わかりますよね？　ほら、そういう最中って無防備になるでしょ。うまく体を押さえつけて、隙を見て首を延長コードで絞める」

「なるほど、まったく不可能とは言えませんがね」

　右京に評価され、薫が勢い込んだ。

「それなら今回の犯行は成立するんじゃないですか？　殺害後、女は約束の時間に沢村補佐官の携帯で官房長官に電話する。会食を終えて帰る途中の官房長官がそれを受けて、ひと芝居うって沢村補佐官の事務所に向かう。女はひと足早く現場をあとにしている」

　右京が調子を合わせた。

「きちんと戸締りをして、鍵は新聞受けにでも放り込んでおきますか」

「いいですね。で、到着した官房長官が、ＳＰの目を盗んでその鍵を回収して、沢村補佐官の背広に戻しておく。これで完璧だ！」

　薫の浮かれ気分を急速に冷ますようなことを、右京が囁く。

「きみの想定している女性は、あの方ですか？」

　薫が右京の視線を追っていくと、その先に喪服姿の片山雛子がいた。雛子は刑事の姿を認めると、そばに近づいてきて、お辞儀した。

「お通夜にはわざわざありがとうございました」

「いいえ、とんでもない。盛大でしたね」

　右京が言うと、雛子が探りを入れた。

「今日はどちらに？」

「横田議員にお目にかかってきたところです。沢村補佐官が殺された夜、官房長官と会食なさってた方」

「官房長官のアリバイを確認してらっしゃるんですか？」

　雛子がだしぬけに核心を突いた。薫が必死に取り繕おうとしていると、涼しい顔で右京が質問した。

「ときに片山さん、あなたはその夜、どちらへいらっしゃいましたか？」

　雛子の顔が瞬時に険しくなった。

「お答えする必要はないと思いますが」

　とキッパリ言い放つと、踵を返して去っていった。

　ふたりは特命係の小部屋に戻って事件を検討し直した。マグカップになみなみと注いだコーヒーを飲みながら、薫が訊いた。

「片山雛子じゃ不満ですか？　動機の点では官房長官と一緒でしょ。だったら当然真っ先に疑って然るべき人物でしょ」

　ロイヤルコペンハーゲンのティーカップに淹れた紅茶の香りを楽しみながら、右京が答える。

「もちろん疑いは持っています。しかし、片山女史に殺されたのだとしたら、あまりに間が抜けすぎてやしませんかね？」

「は？」

「沢村補佐官ですよ。官房長官の愛人だとわかっている女性の誘惑に簡単に乗ったりするでしょうか？　警戒感のほうが先に立つのではないでしょうかね？　女性ひとりで殺害というのも、かなり無理筋だと思いますよ」

　薫が右京のことばを頭の中で咀嚼していると、よりによって世の中で最もいけ好かない男の声に邪魔された。

「所轄の亀山ぁ〜、ちょっと面貸せ」

「やだね。てめえにゃなんにも貸さねえよ〜だ」

　薫が小学生のような受け答えをすると、伊丹がその首根っこをつかんで、部屋の隅に引っ張った。

「鹿手袋って被害者の事務所を改めて調べた」

「そうかよ」薫は軽くあしらう。「どんどん調べろ。死んだ秘書が侵入した形跡でも見つかりゃ一歩前進だ」

伊丹は薫が茶化すに任せて、背広の内ポケットからスナップ写真を取り出した。

「こんなもん見つけたぞ」

薫は思わずその写真をひったくった。居酒屋かどこかだろうか、なにやら賑やかそうな場所で、美和子が鹿手袋の頬にキスをしている写真だった。

「勘違いするなよ」伊丹の瞳には、鼠をいたぶる猫の目の輝きが宿っている。「おめえを心配して持ってきたわけじゃねえからな。単なる嫌がらせだ。ざまーみろ」

伊丹は込み上げる笑いを噛み殺しながら出て行った。薫がその背中に呪いをかけていると、右京のデスクの電話が鳴った。鑑識課の米沢からだった。

鑑識課に行くと、米沢が掃除機のゴミと格闘していた。なんでも今日、伊丹と一緒に行った政経日報社の事務所で、なにか見つからないかと淡い期待を込めて掃除機をかけたらしかった。

「そしたら五種類の毛髪が採取できました」米沢が嬉しそうに言う。「そのうちの一本がビンゴ。自殺した議員秘書の遺体から採ったものと同じでした」

「これで少なくともあの小松原って秘書が鹿手袋の事務所に行ったことがあるのは証明

できますね」

　薫が明るい声で右京に同意を求めたが、返ってきたのは浮かない答えだった。

「ええ、しかし、それだけのことです。小松原さんが鹿手袋さんと面識があったとしたら、訪問したとしても不思議ではない」

　右京は九段下病院に行って直接鹿手袋に確かめることにした。鹿手袋は、小松原は知っているが、自分の知る限り事務所に来たことはない、と証言した。

　薫は九段下病院には同行せずに、マンションに帰宅した。伊丹から奪い取った写真を目の前に差し出すと、美和子は激しく動揺し、そして爆発した。

「なんなのよ！　これ見よがしにこんなもん持ってきて。最低！」

「おまえのそんな楽しそうな顔、久しぶりに見たよ」薫の気持ちは喧嘩するには湿りすぎていた。「そういや、昔、おまえはそんなふうに笑ってたな。思い出したよ」

「え」

「長すぎたのかな、俺たち」

　薫がしんみりと言った。

右京は九段下病院から〈花の里〉に回った。いつものカウンター席に座って、たまきに話しかける。

「ぼくはなにか力になれますかね？」

「無理よ」たまきが即答した。「事件を解決するようにはいかないわ。理屈じゃないもの、男と女は」

「ええ」

いつもの酒が苦く感じられる右京だった。

同じ頃、瀬戸内米蔵は議員会館の事務所で、自分宛の郵便物を開封していた。一通、差出人の名前がない封書が交じっていたが、表書きの達筆な文字には見覚えがあった。瀬戸内はもどかしげに封を切ると、便箋を広げて内容を読みはじめた。

十一

翌朝、首相官邸に出向いた右京と薫は、受付から加賀谷に面会を求めたが、忙しいと断わられてしまった。なんとか面会したいと思っていると、タイミングよく玄関から二名のSPを伴った朱雀が入ってきた。一行がエレベーターホールで待っている間に、ふたりはすかさず後ろから近づく。薫が「おはようございます」と明るく挨拶し、振り向いた官房長官に、右京が「ひとつよろしいですか？」と切り出した。

「ご遠慮ください」

　ＳＰが制止するのを無視して、右京が質問した。

「官房長官はあの夜、どうして沢村補佐官がマンションにいるとわかったのですか？　沢村補佐官は携帯電話であなたに自殺予告をしました。そしてあなたは、電話を切るなり、沢村補佐官のマンションへ急行しろと命じた」右京がＳＰに向かって確認する。「そうでしたよね？」

　ＳＰが答えられずにいると、朱雀が苦々しい顔をして振り返った。

「沢村補佐官はことさら、『私はいま自宅です』というようなことをおっしゃったのでしょうか？　そうでなければ彼の居場所がすぐにわかるはずがありません。相手は携帯電話です。ビルの屋上かもしれないし、鉄橋の上かもしれない。あるいは車の中かも。自殺する場所なら、いくらでも考えられます」

　朱雀が人を小馬鹿にしたような顔になった。つまらない質問だ、と言わんばかりだった。

「自宅にいると言ったから、マンションに向かったまでだ」

　右京が目を丸くした。

「おっしゃったわけですか。ならばやはり沢村補佐官は本気で死ぬ気はなかったんですよ。まさしくＳＯＳの電話だった。となると、わざわざＳＯＳを発信しながら、なぜ玄関に鍵をかけてしまったのでしょうね？　改めて気になります」

「きみは？　名前は？」

朱雀は低い声で薫に誰何《すいか》した。

「亀山です」

「警視庁か？」

「麹町東署です」

「こんな無礼な男と一緒にいると、きみも将来がなくなるぞ」

どすの利いた声で脅すと、朱雀はＳＰとともにエレベーターに乗った。

議員会館の片山雛子の事務所を、瀬戸内米蔵が訪ねていた。昨夜届いた手紙を雛子に見せに来たのだった。雛子が文面を読み終わったのを確認して、瀬戸内が盟友の娘に話しかけた。

「間違いなく小松原からだ。死ぬ前に投函したんだな」

「そうみたいですね」

「本当かねえ。そこに書いてある朱雀とのことは」

雛子はしばし目をつぶると、

「そういうふうに鹿手袋さんが疑って、わたしにつきまとっていたのは事実です」

「火のないところに煙は立たねえ」

そう言いながら、瀬戸内は煙草に火を点けた。

「そんなことより、どうなさいます？」

雛子の口調は、まるで交渉ごとを持ちかけるみたいだった。

「小松原が馬鹿げたまねをしたのは、ここに書いてあるとおりです。告発なさいますか？」瀬戸内の耳元に口を寄せ、「胸に納めておいていただけませんか？」

「悪いが、それはできねえ相談だな、片山先生」

「そうですよね。先生は筋を通される方だから」ここで雛子は大切なことに気づいたように、「あ、でも先生が筋を通されたら、小松原は無駄死にですね」

「無駄死に？」

瀬戸内は目を細めて煙草をくゆらせた。

「お任せします。先生のなさりたいようになさってください」

美人代議士はすべてを見切ったかのような澄んだ目で大物代議士を直視し、封筒を渡した。

自分の事務所に戻った瀬戸内は、もう一度小松原の最期の手紙の最後の段落に目を落とした。

——このようなものを遺すことは画龍点睛《がりようてんせい》を欠くこととわかりながらも、やはり死に際し、私がなぜ死んだかを誰かに知ってほしかったのです。そしてそれは瀬戸内先生をおいてほかになかったのです。勝手ながら私は己が死をもって償います。潔く地獄の門をくぐります。乞い願わくば、私の罪が片山雛子先生と、令嬢雛子先生の汚名とならぬことを。

瀬戸内は涙を呑んで、便箋を破り捨てた。

右京と薫は官舎の前に車を停め、目的の人物が帰ってくるのを待っていた。暇を持て余した薫がフロントガラス越しに官舎の入り口を見つめたまま、助手席の右京に話しかけた。

「どうでもいいことですけどね」

「はい？」

「別れることになりました、美和子と」

薫は重大な決断をさらりと口にした。右京からはなにも反応がない。助手席のほうへ体をひねって、薫が確認する。

「聞こえました？」

「聞こえましたが、どう応えていいかわからないものですから」

「いつもみたいに『そうですか』でいいんじゃありませんか？」

しかし、続いて右京が口にしたことばはまったく違っていた。

「来ました」

加賀谷がやっと帰ってきたのである。ふたりは車から降りて、姿を見せつけた。首相秘書官は呆れ返った顔になった。

「杉下さん……」

「官邸ではお忙しいようなので、お帰りをお待ちしていました」

すでに面識のある刑事が事情を説明すると、初対面の刑事が挨拶する。

「はじめまして。亀山と申します」

「存じ上げてますよ。麹町東署の亀山さんでしょ」

加賀谷は苦笑しながら、ふたりの刑事を自室に招き入れた。がらんとした飾り気のない部屋だった。

「どうぞ。誰もいませんから」

そう言いながら、スーツの上着を脱ぎ、ソファの背にかけた。

「お邪魔します。おひとりでお住まいなんですか？」

「いまはね。女房と離婚係争中。可愛げのない女でね。厚生労働省のキャリア官僚」

薫の問いに答えるつもりで、ついついプライベートまで暴露してしまったことに気づき、加賀谷は話題を変えた。

「で、なんですか？」

「アリバイの確認です」と、右京。「沢村補佐官が死んだ夜のあなたのアリバイ。型どおりの確認ですよ」

加賀谷が気色ばむ。

「きみたちは、この私を疑っているのかい？」

不満げな顔で酒のボトルが並んだキャビネットへ向かい、タンブラーにウイスキーを注いだ。

右京はその背中に向かって、

「事件の全容が解明されるまでは、関係者全員を疑うことにしています」

「いいですか？」加賀谷はタンブラーを右手に持ち、「ご承知のとおり、私は官房長官から連絡を受けて、現場に駆けつけたんですよ」

「ええ、ですからあなたは最初からノーマーク。捜査圏外でした。しかし、よくよく考えてみれば、犯行後に一旦現場を離れて再び戻ることは、至極簡単ですからねえ」

「おい、いいかげんにしてくれよ」

「多少なりとも可能性があるのに、アリバイも確認しないのでは職務怠慢。ですから、型どおりの確認と申し上げてます」

右京のことばを薫が引き継ぐ。

「単なるルーティンですよ。現場へ駆けつける前、どこでなにをなさってました？　教えてくださいよ」

加賀谷はあからさまに迷惑そうな顔をして、

「ここにいたよ」

「ここだと証明できる人は」薫はわざとらしく室内を見渡して、「いませんね」

「こんな馬鹿馬鹿しい目に遭うのがわかってたら、別居をもう少し延ばすんだったよ」

「しかし、ここから現場までは相当な距離ですよねぇ」右京が薫に提案する。「ＳＰの方に、官房長官が連絡なさってから加賀谷さんが到着されるまでの正確な時間を確認してください」

「はい、わかりました！」

薫が威勢のよい返事をして携帯電話を取り出すと、加賀谷がなにかを思い出すような顔つきになった。

「ああ、いや、違うな……あの夜は一杯やってたんだ……そう、香取秘書官と。香取さんに確認してみたらいい」

「そうですか。わかりました、香取秘書官ですね。明日、確認してみます。じゃあ、亀山くん、お暇《いとま》しましょう」

「どうもお騒がせしました」

ふたりは礼をすると、部屋から出て行った。玄関のドアが閉まる音を確認して、加賀谷は携帯電話を取り出した。電話帳機能を使ってカ行の登録番号を呼び出し、目的の人物の番号をコールする。

「ああ、香取さん……ええ、加賀谷です……実はちょっとお願いが……」

急ごしらえのアリバイ工作は成功しなかった。いつの間にか右京と薫が足音を殺して部屋に戻って来ていたからだ。ふたりの刑事を目にして、加賀谷は幽霊でも見たかのように凍りついた。そのまま電話を切る。

「万年筆を忘れてしまったようなので」右京はきょろきょろと床の上を眺めながら、上等な仕立ての背広を探る。「ああ、失礼、こんなところにありました」

右京が内ポケットから万年筆を取り出したとき、加賀谷の携帯電話の着信音が鳴った。

加賀谷が電話に出ようとしないのを見て、薫が言った。

「お出にならなくていいんですか？　香取秘書官からじゃありません？」

嘘が完全にばれてしまった加賀谷は、ソファに崩れ落ちるように座った。ふたりの刑事を前に、ウイスキーをひと息であおった。

「参ったな。俺は少女趣味なんだ」

「は？」

「ロリコンだよ。あの夜はいかがわしいことをしてた」

「もうちょっとマシなこと言ってくださいよ」

「捕まえろよ。少女買春だ。破廉恥な犯罪だ」

加賀谷の懺悔は真に迫っていたが、右京は聞き入れなかった。

「それよりも、なぜ慌ててアリバイ工作をなさろうとしたのか、説明していただけますか？」

堪えに堪えてきた怒りがついに爆発した。加賀谷は興奮し、両手をでたらめに振りまわした。

「おまえがつきまとうからだよ！　鬱陶しくてやってらんねえよ！」

「まあ、落ち着きましょうよ」

なだめにかかった薫の手を振り払って、うわずった声で加賀谷が叫ぶ。

「触るな！　出てけ！　これ以上居座ると、住居侵入で訴えるぞ！」

言われたとおり素直に引き上げながら、薫が右手でこぶしを握り、親指を立てた。

「ビンゴですね？」

右京はうなずいて、

「犯人のひとりにまず間違いないでしょう。あとは警察庁つながりで小野田さんにお任せしましょう」

なんとかふたりを追い払ったものの、加賀谷はぼんやりとソファに身を預けたまま、なにもする気にはなれなかった。すると、けたたましい音で部屋の電話が鳴った。無視するには耳障りなので、しかたなく受話器を取る。

「……はい」

——小野田です。

「なにかご用ですか？」

——ぼくはきみを信じてるから。

「はっ？」

——杉下から聞いた。きみに限って悪事を働くわけがない。

「当たり前じゃないですか」

——アリバイがないのは弱ったね。

「もう切ります。疲れましたので」

——朱雀にはあるのにね。結局のところ、弱い者が損をするんだよね。ぼくみたいに。

「切ります」

——万が一ね、魔が差したのなら、自首を勧めます。釈迦に説法だけど、自首なら減刑されますよ。

「あの……」

――頑張って逃げ切るというのは、あまり得策ではない。しつこいよ、杉下は。執念深さでは蛇も顔負けだから。

「……………」

――ひと晩じっくり考えてみてください。

そう言い残し、小野田からの電話は一方的に切れた。

加賀谷の脳裏に沢村の死に顔が立ち現われてきた。延長コードで首を絞め上げたときの感触が蘇り、思わず吐き戻しそうになった。

十二

翌朝、加賀谷は日比谷公園に小野田を呼び出し、自首した。連絡を受けた右京と薫がすぐにやってきた。

「密室の状況を作り、SPたちをアリバイの証明に利用した。つまり、官房長官と一緒に犯行に及んだわけですね?」

ベンチに座ってうなだれる首相秘書官に特命係の警部が確認する。加賀谷は力なく首を縦に振った。

「だけど、官房長官にはアリバイが……」

て生気がない。

「調べ方が悪いんだよ」

薫が反論しようとすると、加賀谷が遮った。ほとんど眠っていないのか、顔は青ざめて生気がない。

小野田がベンチの隣に腰をおろす。

「でも、人殺しなんて大それたまね、どうして？」

「強要されたんですよ」

「官房長官に弱みでも握られていたんですか？」

加賀谷は魂が抜けたような顔を薫に向けた。

「言っただろう、俺は少女趣味なんだよ。それで一回困ったことになった。脅されてとてつもない金額の金を要求された。そのとき官房長官が間に入ってうまく処理してくれたんだ。それ以来、俺はやつの奴隷だ」

そう言うとガックリと肩を落とし、虚ろな目を地面に落した。

朱雀武比古はクラシック・コンサートが好きだった。マチネーが終わり、ＳＰふたりとともにコンサートホールから出てくる官房長官を、右京と薫が待ち受けていた。

「無粋だな、きみたちは」

朱雀が相手にせずに通り過ぎようとすると、右京が爆弾を落とす。

「加賀谷秘書官が自首なさいました。沢村補佐官殺しを認められました」

朱雀は顔色ひとつ変えず、余裕綽々だった。

「ほう、そりゃ驚いた。それでわざわざ報告か？」

「あなたと一緒に殺したと言ってます」

薫が攻め込んだが、朱雀はさも愉快そうに笑った。

「そりゃ傑作だ」

「お疑いならば本部に問い合わせてください。しかし、その前にひとつだけ」

右京はここで十八番《おはこ》のせりふを口にし、ＳＰに向き合った。

「あなた方はあの夜、官房長官がホテルで会食中はどうなさっていましたか？　部屋の前に張りついていてらっしゃったんですか？」

ＳＰは顔を見合わせ、年長のほうが答えた。

「いや。宿泊客の迷惑になりますから、我々はロビーにいました」

「なるほど。どうやらＳＰの目を盗んでホテルと犯行現場を往復することは可能ですね」

朱雀の頬がわずかに引きつったように薫には見えた。それでも官房長官は強気を保ったままだった。

「私は横田と食事をしていた。中座してまた戻ってきたとでも言ってるのか？」

「それがミソでした」

「なんだと？」

朱雀は少し声を荒らげると、横柄に手を振って、SPを人払いした。

「政治家の方がときどき使う手だそうですね。瀬戸内さんに聞きました。外部に知れると混乱を招く恐れのある人物と会う場合、わざわざダミーの面会相手を同じ場所に用意するそうですね。あなたは今回この方法をお採りになった。つまり横田議員はダミーの会食相手だったんですよ」

右京がいきなり核心に迫ると、薫がとどめを刺す。

「ダミーを引き受ける方は、もちろんそのあたりを心得ているわけですから、ちゃんと口裏を合わせてくれます。事実、横田議員もそう証言してましたよ」

しかし、朱雀はまだ勝負を捨てなかった。

「いいセンいってる。だが、詰めが甘い」

「はい？」

予想外の反撃を受け、右京が珍しくうろたえた。

「横田がダミーだったことは認めよう。しかしそれは密会のためだよ。人を殺すためじゃない。証拠をお見せしよう」

朱雀が携帯電話を取り出して電話をかけた。

朱雀が電話で呼び出したのは、愛人の片山雛子だった。場所は都内の高級ホテルのセミスイートルーム。一泊十万円以上する夜景のきれいな部屋だった。朱雀と雛子はいつもこの部屋で密会を重ねていたという。

場違いな部屋に入り、薫はそわそわしていた。右京のほうはふだんどおりに見える。刑事ふたりを前にして、雛子がソファにゆったりと腰掛けた愛人に訊いた。

「ありのままをお答えしてよろしいんですか？」

「もちろん。ふたりの仲を隠しておく場合じゃなさそうだ」

「わかりました」

「沢村が死んだ夜、私はこの部屋できみと会う約束をしていた。そうだったね？」

朱雀の質問に対して、雛子は刑事に聞こえるようはっきりと答えた。

「ええ」

「きみはこの部屋で私が来るのを待っていた。そうだね？」

「ええ」

「やがて私はこの部屋へ来た。八時を回った頃だったかな」

「ええ」

ここで薫が割って入った。

「ちょっと待ってください。片山さんの証言は信じられませんよ。だって、あなた方は特殊な関係でしょ？」

「だからだよ」朱雀は立ち上がってほかの三人に近づくと、声を張って主張した。「特殊な関係だからこそ、人目を忍んで会っていたわけじゃないか。ダミーを別室に用意するという手間までかけて。これほど信憑性の高いことはあるまい」

言い負かされて薫が沈黙すると、右京が雛子に訊いた。

「あなたが確かにこの部屋にいらっしゃったことは証明できますか？」

「到着して、すぐにルームサービスのコーヒーを頼みました。官房長官がいらっしゃる前です」

「官房長官が八時過ぎにここへ来られたのは確かですか？」

「ええ」

朱雀が勝ち誇ったような笑みを浮かべて、刑事を見た。薫は悔しさのあまり目を逸らした。右京は粘り強く質問を続けた。

「それから官房長官がホテルを出られた十時半近くまで、ずっとここで一緒にお過ごしになったわけですか」

雛子が答えをためらうと、笑みを浮かべたままの朱雀が促した。

「答えなさい。なにをしてたかまで言う必要はない」

雛子は右京の目を見つめ、乱れのない声で「いいえ」と答えた。

「一緒にお過ごしになっていない？」

「八時過ぎにいらっしゃいましたけど、『これからひと仕事ある』とおっしゃって、すぐにお出かけになりました」

「なにを言ってるんだ！」

抗議の声を上げる朱雀に、右京が質問する。

「どちらにいらっしゃったんですか？」

「私はずっとここにいた！」

「いませんよ」

愛人の主張を雛子が即座に否定した。

「嘘をつくな！　だったら貴様は私がここにいなかったことを証明できるのか！」

いきり立つ朱雀に、雛子が微笑んでみせる。

「できますよ」

「なに？」

「ちょうど体も疲れていたので、マッサージを呼びました。上手な方でしたよ」

声を失って立ちすくむ朱雀を無視して、雛子は腕を組んで右京のほうを向いた。

「これでこの前のご質問の答えになりますか？」

「はい？」

「あの夜のわたしのアリバイは問題ないですか？」

右京が「ええ」とうなずく。

朱雀は思わぬ結末に虚空を見つめ、「大した女だ」と呪いを込めてつぶやいた。それきり茫然自失としている朱雀に、スーッと雛子が歩み寄った。そうして妖艶な仕草で髪を掻き上げて、男の耳元に唇を寄せ、二言三言、何かを囁いた。

一瞬の間を置いて、正気を疑うような朱雀の高笑いが部屋に響き渡った。

「ハッ、ハッ、ハッ……こ、こ、こ、この女……一体いま何を言ったと思う？　ええっ？」

誰にともなく問いかけた朱雀は、さも可笑《おか》しそうに、

「沈んでゆく船に同乗するような馬鹿なまねはしない、だってさ！　ハッ」

そう叫ぶと、暗い眼差しを床に落として黙り込んだ。

修羅場のあとの沈黙を破ったのは、ドアを無造作にノックする音だった。

「所轄の亀山ぁ〜、捜しちまったじゃねえか」

まるで場違いな能天気な声が、部屋の重苦しい空気を攪拌《かくはん》した。

「言っときますが、捜してたのは先輩じゃありませんよ」

絶妙のタイミングで入ってきたのは伊丹と芹沢だった。伊丹が朱雀の目の前に警察手

帳を呈示する。

「沢村久重殺害の件でお話をうかがいたいんですが、ご同行願えますか？」

「よかろう」

捜査一課の刑事に連行される朱雀に右京が語りかける。

「ああ、あとひとつだけ」

「なんだ」

「実は盗聴器がどうして閣議室にだけ仕掛けられていなかったのか、ずっと引っかかっていまして」

「よく引っかかる男だ」

「たとえばこういうのはどうでしょう。閣議室には仕掛ける必要がなかった。ということは、閣議のようすを盗み聴く必要がなかった。つまり、盗聴器を仕掛けるまでもなく堂々と会議のようすを聴くことができた」

「いいかね、閣議に出席できるのは、首相と閣僚と官房副長官と内閣法制局長官だけだ」

「ですから、その中に犯人がいるんですよ。おそらく沢村補佐官は、その人物に命じられて盗聴器を仕掛けたのではないでしょうか。ところが、よせばいいのに、その依頼人である人物の部屋にも盗聴器を仕掛けた。依頼人の怒りは如何ばかりだったでしょうねえ。今回の殺意にはその怒りが相当に含まれているような気がするのですが、いかがでしょう？」

「沢村に盗聴器を仕掛けるよう命じたのは、私か？」

「違いますか？」

「うん、いいセンいってる」

朱雀が相手に敬意を表するように、右手を頭の横に掲げた。そのまま、伊丹と芹沢に連行されていった。

残った雛子に右京が質問する。

「あなたは官房長官の計画をご存じなかったんですか？」

雛子はにっこり笑って、

「知りませんよ。人殺しに行くなんて知ってたら止めてました。当然じゃないですか」

「しかし、実に周到にご自分のアリバイだけを用意されていたものですからね。どうしても勘繰ってしまいます」

「想像以上に疑り深い」

「官房長官からあなたに多額の機密費が流れていたという疑惑もありますよ」

「官房長官にお訊きになったらどうですか？　まあ、なにもおっしゃらないと思いますけど。だって使い道を言わなくてもいいからこそ、機密費なんですから」

すました顔で言ってのける美人代議士を前にして、右京は苦笑を禁じえなかった。

「あなたにはますます興味が湧いてきました」

雛子が右京の耳元に口を近づけ、小声で言った。

「本当にわたしが朱雀武比古の愛人だと思います？」

「はい？」

「だとしたら、あなた大馬鹿だわ」


薫が九段下病院の正面玄関前で待っていると、退院した鹿手袋が出てきた。入院道具の入ったバッグを持っているのは、付き添っている美和子だった。そのふたりの姿を見た瞬間、言いようのない怒りが頭をもたげてきた。こぶしを固め、鹿手袋の前に立つ。

鹿手袋が顔を歪めた。次の瞬間、強烈なパンチが薫の頰を襲った。気がつくと地面に尻餅をついている。

「薫ちゃん！」

美和子は心配そうに目を丸くしていたが、鹿手袋のそばを離れようとはしなかった。

「人を非難する前に自分の怠慢を責めろ！」

鹿手袋が啖呵を切る。

「美和子と何年一緒にいたんだ！　もっと幸せにしてやるチャンスはいくらでもあった

だろうが！」

薫が反論できないでいると、鹿手袋があざ笑う。

「退院したら、まずぶん殴ってやろうと思ってた。手間が省けたよ」

議員宿舎で片山雛子が煙草を一服しながら今日の出来事を回想していると、携帯電話が鳴った。非通知番号だった。煙草を灰皿に押し付けて、電話に出る。

「もしもし」

——片山先生ですか？

「はい」

——私、以前、小松原さんの頼まれ事をした者です。

「……なんのご用件でしょう？」

——先生のご迷惑にならないよう、事後処理はきっちり済ませてありますので、どうかご心配なく。ただまあ、せっかくのご縁です。これを機会に、先生とは末永くお付き合いさせてもらえたら幸いと存じまして、お電話しました。

「…………」

——いずれまたご連絡差し上げることもあるかと思いますが、そのときは、まあ、ひとつよろしくどうぞ。ほな、さいなら。

一方的に切られた電話を見つめ、しばし雛子は放心していた。するとそのあとから無性におかしさが込み上げてきた。片山雛子はひとりで力なく笑い続けた。

第二話 「女優」

一

亀山薫は寝付きがよいほうだった。ひとたび眠ってしまえば、そう簡単に起きることはない。不眠症気味の杉下右京の気持ちなど理解できない人間なのである。

そういうわけで早朝、散らかり放題の居間のテーブルの上で充電中の携帯電話が鳴ったくらいの音で効果があるはずがなかった。しかし、寝室に置かれた固定電話の子機となると、話が違う。いかに熟睡体質の薫といえども、さすがに目を覚ました。

「もしもし……」

意識は半分夢の世界に残したまま、薫は電話に出た。

――寝てた？

「寝て……る」

――ごめん。

寝ぼけた頭で相手は誰だろうと考えた。聞き慣れた女性の声……奥寺美和子のようだ。

「いま、何時？」

――六時半。

「七時に起こして。じゃあ、おやすみ」

何の疑問も抱かず再び眠りに落ちる寸前、ふいに美和子とは別れたという事実を思い出した。それなのに、なぜ電話してくるんだろう?

——あのね、右京さんが免職になっちゃったみたい。

メンショクってなんだろう、と考える。大脳はまだ覚醒していない。

——もしもし、薫ちゃん?

だしぬけに、漢字が頭に浮かぶ。

「免職?」

薫は一瞬にして飛び起きた。洗面台で顔を洗い、意識をはっきりさせてから、ワークパンツとフライトジャケットを身につける。五分後には車のシートに座りハンドルを握っていた。そうしてアクセルを踏み込み、警視庁へと車を駆った。

朝早いにもかかわらず、主任監察官の大河内春樹は在席中だった。慌てふためいて駆け込んできた薫を見るなり事情を察し、応接室へ誘う。

「いらっしゃると思っていました」

冷静に対応する監察官に、薫が詰め寄る。

「なんかの間違いでしょう?」

「いいえ、残念ながら」

「だって、朱雀は失脚したでしょ? 俺たちがとっ捕まえた。それで、免職話は立ち消えでしょ？」

内閣官房長官、朱雀武比古《すざくたけひこ》。この永田町の主のような現職の政治家を、失脚どころか殺人犯として政界から永遠に葬り去ったのは、他でもない右京と薫のふたりだった。捜査の手が身辺に及ぶに従って、朱雀は最も目障りなこのふたりを飛ばす手はずを進めていたのだった。

「私もそう思っていました。引き延ばしが功を奏して、なんとかやり過ごすことができたかと思ってたんですが……ご承知のとおり、杉下さんは警察庁の人間です。免職の圧力も当然、警察庁にかけられました」

「ええ」

それは薫にも十分理解できる。

「具体的には、朱雀武比古から警察庁の主席監察官、木佐貫に要請が下り、木佐貫から我々に彼の免職事由を取りまとめて資料として提出せよという命令がありました」

大河内のポーカーフェイスが珍しく悔しそうに歪む。

「その木佐貫がくせ者でした」

「くせ者って？」

「朱雀と非常に密接な関係を築いていた人物らしい。今回のことを非常に不快に思っているようです。もっと言えば、朱雀を追いつめた杉下さんを逆恨みしている。朱雀が逮捕されたあとも木佐貫は、杉下右京の免職は既定事実だと言って、資料の提出を迫ってきました。そうなると、もはや引き延ばしなんてものは通用しません。我々は資料の提出を余儀なくされた。そして、木佐貫は免職を決定したんです」

「それじゃあ、その木佐貫って主席監察官が腹いせで右京さんをクビにしたってことですか？」

「そうだったとしても、表向きはデュープロセスによる免職処分です」

大河内が眉間に皺を寄せ、掌に取り出した白い錠剤を口に放り込んだ。ガリガリと耳障りな音が響き、ささくれだった薫の心を刺激した。

特命係の小部屋では処分の下った杉下右京が、淡々と私物の整理を行なっていた。チェスの道具一式や紅茶セット、ティーカップとソーサーだけでも十客以上あり、段ボール箱がみるみる増えていく。

上着を脱ぎ、サスペンダー姿でてきぱきと片づけをする右京を、組織犯罪対策五課長の角田《かくた》六郎が複雑な思いで見つめていた。部下の大木と小松もドアの向こうから身を乗り出して、興味津々にのぞき込んでいた。

「これまでさんざん虎の尻尾、踏んづけてきたのになあ」

「はい？」

「あんただよ。それでもなんとか無事でいられた。しかし今度のは虎じゃなくって鼬《いたち》だったってことだな。最後っ屁をかまされた。そうだろ？　朱雀は鼬だ」

角田の口調はしみじみとしていたが、右京の受け答えはいつもと変わらなかった。

「なるほど」

「正直言うと、いつかこうなると思ってたよ。あんた、無茶しすぎだ」

「そうですか」

「これまでは単に運がよかっただけだ」

「かもしれませんねえ」

「これからどうする？」

右京がようやく作業の手を止めて、顔を上げた。

「さあ、どうしますかねえ」

二

その夜、麹町東署に殺人の通報が入った。売れっ子脚本家の古谷彦六の私邸に強盗が入り、拳銃で射殺されたという。通報者は古谷の妻の女優、小峰夕月《ゆうづき》だった。著名人夫妻の家庭を襲った突然の悲劇は、話題性十分だった。邸宅の前には事件を嗅ぎつけたマスコミ関係者や近隣住人たちが遠巻きに集まり、邸の中は麹町東署の捜査員や鑑識員でごった返していた。薫もその中に交じって現場検証中だった。

リビングルームでは憔悴しきったようすの小峰夕月が待機していた。薫が事情聴取を行なうことになった。

「麹町東署の亀山です。なんと申し上げてよいか……お辛い気持ちはよくわかります。しかし……」

人気の絶頂にある女優というのはこれほどのものなのだろうか。単に美しい、というだけではない。何かしらオーラのようなものが身の周りを包んでいた。そしてその表情は、悲嘆に暮れた切なさを帯びて、さらに美しさを際立たせていた。つい見とれてしまいがちな自分を叱りつつ、薫は職務を遂行した。

「一刻も早く犯人を逮捕するためにも、残酷なようですけど、犯行当時の状況をお訊きしなければなりません」

薫は手帳を広げて待ったが、夕月は心ここにあらずというようすで、反応がなかった。

「奥さん?」

「わたしが……」

ようやく重たい口が開いた。

「殺したんです……」

「え?」

「わたしが余計なことしなければ……主人は死なずに……」

夕月がぽつりぽつり語ったことを整理すると、犯行当時の状況が明らかになってきた。最初に庭に目出し帽を被った不審な男がいるのを発見したのは夕月だったという。すぐに彼女は二階の書斎でいつものように和服姿で原稿を書いていた古谷に知らせ、この時点で古谷が警察に通報を入れている。その直後、不審者は二階に上がってきて、書斎に押し入り、拳銃を構えた。近くにいた夕月を人質にとった強盗は、通帳と印鑑を渡すよう古谷に要求した。犯人が古谷と交渉し、人質への注意がおろそかになった瞬間、夕月が拳銃を奪おうともがいた。揉み合いとなるうちに拳銃が暴発し、運悪く古谷の胸を撃ち抜いたのだという。度を失った犯人は金品を強奪せずにそのまま逃げていったということであった。

「あなたの責任じゃありませんよ」

自分を責める夕月を、薫が慰める。

「そんなふうに思ったらダメです」

女優の目から大粒の涙がこぼれ落ちた。

「少し、飲んでもいいですか？」

「ああ、どうぞ」

夕月はブランデーを気付け薬にして、ようやくちょっと落ち着きを取り戻したようだった。

「ご主人とはどれぐらいご一緒に？　ご結婚はいつでしたっけ？」

「正式に結婚はしていないんですよ。一緒に暮らしはじめて十年になりますけど」

「でも、確か結婚発表なさいましたよね？　いつだったかな、だいぶ前ですけど。テレビで見た記憶が……」

ずいぶん年の差のあるカップルだと思った、という感想までは口にしなかった。サスペンスものを得意とするベテラン脚本家として不動の名声を得ているとはいえ、初老といってもいい古谷彦六と、女盛りど真ん中の小峰夕月は、親子ほども年が離れていた。

「七年前ですね。デビューして二年目。彼と暮らしていることがマスコミにバレちゃって、それで発表したんです。正式に結婚はしていなくても、夫婦同然に暮らしてましたから」

「そうだったんですか」

「あのぉ」

制服警官が遠慮しながら薫に近寄り、耳打ちした。夕月のマネージャーが到着したという。

「マネージャーの方がいらっしゃったそうです」

薫のことばを追いかけるように入ってきたマネージャーは、夕月よりもかなり年が若く、甘いルックスをしていた。

「たったいま、ニュースで。びっくりして！」

マネージャーが息を切らして夕月の元へ駆け寄る。

「大丈夫ですか？　怪我は？」

「わたしは大丈夫。でも、古谷が……」

「ええ」

悲痛な面持ちで全身から自分への献身を表わすマネージャーを、夕月が薫に紹介した。

「マネージャーの松永です」

松永はまだ荒い息をつきながら、名刺を取り出した。

「あ、すみません。申し遅れました。私、小峰夕月のマネージャーをしております松永と申します」

「あ、ご丁寧に。麹町東署の亀山です」

こんな状況にもかかわらず、即時ビジネス・モードに切り替えたマネージャーは、ハンサムなだけでなく鋭利な抜け目なさも備えているように見えた。なかなか侮れない男だ、と薫は漠然とした警戒心を覚えた。

「犯人は、まだ？」

「ええ、捜索中です」

ふたりが当たり障りのない会話を交わしていると、「ねえ、松永くん。どこかホテルにお部屋取ってくれない?」と夕月がマネージャーに申しつけた。そうしてすかさず、「いいですよね?」と懇願するような眼差しを薫に送った。

「ああ、そうしてください。まさか、ここで寝泊まりっていうわけにもいかないでしょうし」

「早速手配します」

すぐに職務をまっとうしようとするマネージャーの背中に、薫が声をかけた。

「部屋が決まりましたら、一応、お知らせ願います」

松永は振り返って、「わかりました」と答えると、部屋から飛び出していった。

薫が古谷邸で慌ただしく捜査に当たっている頃、杉下右京は小野田公顕《こうけん》に誘われ、とある回転寿司屋にいた。

右京とは《元上司と元部下》では済まされないほど因縁の深い小野田である。彼もまた、朱雀逮捕に関わる一連の出来事の中で、警察庁長官官房室長という座から左遷の憂き目を見ていた。

「亀山くんが……ですか?」

右京が意外そうな声で確認すると、小野田がうなずいた。

「ええ、昼間、血相変えてね」

「そうですか」

小野田はハマチの皿に手を伸ばし、

「『なんとかならないのか』って。なんとかならないのかなと思って、さっそく木佐貫にかけ合ってみましたよ」

ハマチを口に放り込み、咀嚼する。

「『なんともなりません』だってさ。正式な処分だから撤回は無理らしい。おまけに木佐貫ったらさ、『官房室長時代のあなたなら多少ごり押しも通用したでしょうが、教養課長の権限では望むべくもない』なんて言うからさ、言い返してやったの。『戻るから』って」

「戻るんですか？」

コハダを胃に収めた右京が問い返した。

「戻りますよ。ぼくの場合は長官マターだったからね。泣く子と朱雀には勝てないってことで、警察庁長官の一存で決めた降格です。つまり、一種の緊急避難措置。嵐が収まれば元に戻るのは当然でしょ」

「なるほど」

「しかし、おまえの場合は正式に人事が絡んでる処分だから厄介だよね。木佐貫も正当性を主張して頑として受け付けない構えだし」

「言っておきますが、ぼくはあなたにどうこうしてもらおうと思ってませんよ。そんなお願いをした覚えもありません」

右京はきっぱりとそう言うと、あがりの湯呑みを手にとって、渋めのお茶を啜った。

「相変わらず可愛げないね」

小野田は甘エビの皿を手元に引き寄せたが、形が少し崩れていたので、回転台に戻した。右京がすかさず注意する。

「一度取った皿は戻さないように」

「え、そうなの？」小野田は甘エビの皿を目で追い、「あら、でも行っちゃったね。また回ってくるのを待ちましょう。でも、途中で取られちゃったらどうしよう」

店のコーナーに置かれたテレビがニュース番組を流していた。女優の小峰夕月の家に強盗が押し入り、夫の古谷彦六が射殺されたというトップニュースをアナウンサーが興奮気味に伝えていた。

「……被害者から邸内に不審人物がいると一一〇番通報があったのが、午後六時三分。そして警邏中のパトカーが現場に到着したのが午後六時二十分……」

その夜、麹町東署では警視庁捜査一課との合同捜査会議が行なわれた。正面の長机には、捜査一課の係長や麹町東署の署長と並んで、刑事課長の海音寺《かいおんじ》菊生《きくお》が座っていた。ひとりだけ張り切って気合が入っている。

犯行時刻や発見時の現場のようすなどを淡々と説明する捜査員の声が眠気を誘う。そう言えば、今朝は美和子に起こされたんだったと思い出し、苦い顔になった薫の背中を何者かがペンで突いた。

振り返った薫は、そこに座っている人物を見て、ますます苦い顔になった。仲の悪い警視庁刑事部捜査一課の三人が雁首そろえて座っていたのである。

「所轄の亀山ぁ～」

捜査会議が終わり、廊下に出た薫を、伊丹憲一が呼び止めた。隣にいた芹沢慶二が笑いかける。

「先輩、お久しぶりです」

「なんでてめえらなんだよ。別の班、寄越せ」

息巻く薫に、

「所轄の分際で、でかい口叩くんじゃないよ」

と、後ろから三浦信輔が肩を叩いた。

「で、送別会はいつだ？」

伊丹が意味深に薫の顔をのぞき込む。

「なんだと？」

「離れ小島の警部殿の送別会だよ」と、三浦。

「いきなりクビはびっくりしました」と、芹沢。

「するか、そんなもん」

薫が三人を振り切って立ち去ろうとすると、その背中に伊丹が呼びかけた。

「するなら呼べよ。駆けつけてやるからよ」

（なんで俺たちだけが……）

永田町というアンタッチャブルな一隅に鋭いメスを入れ、現職の内閣官房長官を逮捕するという快挙を遂げたにもかかわらず、何の評価もされないどころか免職に追いやられてしまった右京。

（そして俺は……）

荒れ果てた部屋に帰る気にもなれず、再び今朝、受話器から聞こえた美和子の声を思い出してさらにむしゃくしゃした薫は、自然、足を〈花の里〉に向けていた。時間が遅かったせいで、女将の宮部たまきが暖簾を片付けるところだった。

「あ、もうカンバンですね」

「いいんですよ。構いませんよ。どうぞ」

たまきの優しい笑顔に導かれて店内に入った薫は、いま最も会いたくない人物に会ってしまった。カウンター席で美和子が飲んでいたのである。

美和子はすでに出来上がっているようすで、薫を見ると片手を挙げて、「やあ！」と挨拶した。

「おぅ」

何が「やあ！」だ、と内心思いつつ薫がおざなりに調子を合わせると、たまきが説明する。

「たまにはね、女同士、水入らずで飲もうかってことになって」

「そうすか。だったら、俺、邪魔ですよね」

ちょっといじけてみせる薫に、

「あ、いいのよ」

と応えるたまきの笑顔には屈託がない。

「一杯飲むでしょ？」

「あ、じゃ、軽くビールを」

両手を添えて冷たいビールを薫のグラスに注ぐたまきの微笑には、事情をすべて呑み込みながら、しかし余計な詮索はしないという絶妙な距離が感じられて、それがいまの薫には有難かった。

（そんなたまきさんに比べてこの女は……）

「ま、食っていきんしゃい」

怪しげな呂律でまるで薫に命ずるように、美和子が語りかける。

「おまえ、酔ってるだろ？」

薫は美和子とは距離をおいて席に着いた。

「栄養あるもの、食べてるか？」

実家のお袋のような口調で、美和子が訊いてくる。

「余計なお世話だよ」

薫が言い返すと、たまきが当意即妙なせりふを放つ。

「じゃあ、なにか栄養のあるものを作りましょうね」

たまきから酌を受けたグラスを一気に飲み干すと、薫はようやく人心地がついた気分になった。

「今日は右京さんは？」

「追い出しましたよ」手早く包丁を動かしながら、たまきが答える。「カンバンですから」

「あ、なるほど」

　薫がちょっと肩身が狭い思いになっていると、またしても美和子がちょっかいを出した。

「掃除洗濯をこまめにしないとさあ、男やもめはウジが湧くちゅうからねえ。もう、湧いたか？」

「あのなあ……」

　薫はなにか言い返そうかと思ったが、酔っ払いに構っても仕方ないと考え直す。カウンターの中から、たまきが訊く。

「右京さんに用事？」

「いや、別に用事ってわけじゃないんですけどね。ま、どうしてるのかなあ、と思いまして」

「いつものとおり、苦虫嚙み潰したような顔で飲んでたよ」

「酔っ払いには訊いて、な、い、の」

　たしなめる薫に、

「こりゃ、失敬」

　右京の口癖をまねておどける美和子に、薫の苛立ちはさらに募る。

「右京さんは相変わらずですよ」

　淡々と答えるたまきのほうを向いて、

「どうするんすかね、この先。世知辛い世の中ですしねえ、こう言っちゃなんですけど、右京さん、ああいう人だから、どこでも働けるってわけじゃありませんしね」

「いろいろ心配してくださってありがとう。とりあえず、その気になれば働き口はあるみたい」

「そうなんですか？」

「ロンドンの右京さんの恩師がね、以前から『来て来て』って、おっしゃってくださってるの。犯罪学の教授として来てほしいって。でも右京さん、全然その気がないみたい」

「教授かあ」薫は自分とは縁遠い世界に思いを馳せた。「まあ、刑事以外で右京さんにできそうなことって言ったら、大学の教授ぐらいですもんね」

「そうね」

右京の元妻が苦笑しながらうなずくと、美和子が薫の隣の席に移動してきた。薫の背中を叩きながら、

「ねえねえねえ、ちょっと、小峰夕月の事件って、薫ちゃんとこじゃん？」

「はい。それがなにか？」

つっけんどんに返しても、美和子はひるまなかった。薫のビール瓶を取り上げ、元恋人のグラスを満たす。

「捜査は進んでおるのかね?」

「新聞記者さんに捜査情報は漏らせません」

「チラッとでよいよ」

「特にあなたには漏らしません。おあいにくさまでした」

苛立ちが頂点に達した薫は、捨てぜりふのようにキッパリと言い切った。

三

翌朝、薫は開館して間もない図書館を訪れ、右京の姿を捜し回った。書架の脇のテーブルにスーツ姿の右京の姿を見つけて近づくと、隣には鑑識課の米沢守が珍しく私服姿でいた。

「こんにちは」

図書館の静寂を乱さないように、薫が小声で挨拶すると、

「やあ、きみですか」「どうも亀山さん」

右京と米沢が同時に顔を上げた。

「たまきさんに訊いたら、たぶんここだろうって」

「そうですか」

納得顔の右京に、薫が質問する。

「なにやってんですか、ふたりして?」

ふたりはテーブルの上に今朝のスポーツ紙を広げていた。「壮絶 女優宣言 夫の死を乗り越えて」と、煽情的な見出しが躍っていた。小峰夕月は昨夜、ホテル前で待ち構えていた報道陣に、夫は死んだが、いま撮影中の女優の仕事は続ける、という主旨の発言をしたらしい。

「気になるとおっしゃるもんですから」米沢が新聞記事を指差す。「ですから、事件のレクチャーを」

「相変わらずですね」

薫が呆れ顔で変わり者の元上司を見る。

「きみのところの管轄ですよね?」

改めて右京にそう言われ、かつてはふたりと同じ警視庁にいた自分が、いまは所轄署に回ってしまったことを嚙みしめつつ、

「そうです。捜査中です。小峰夕月にも会いましたしね」

薫が答えると、その言葉に右京よりも米沢のほうが関心を示した。

「どういう感じでしたか?」

「目の前でご主人が射殺されたんですからね、どんな感じもこんな感じも……」

「いやいや、私の質問は、テレビで見るのと比べて、どうだったか。つまり容姿ですね。

実物はどうでした?」

「そんなこと、なんか役に立つんですか?」

「いいえ、個人的な興味ですが」

黒縁眼鏡を持ち上げるおたくっぽい警視庁刑事部鑑識課員を無視して、薫は右京に訊いた。

「で、なにが気になるんですか?」

右京が自分の疑問を口にする。

「強盗事件ということになっていますが、結局はなにも盗られなかった。そうですね?」

「ええ。金銭的な被害はなかったようです」

「どうしてでしょう?」

「どうしてって……ご主人を撃ち殺して慌てて逃げ出したようですよ」

「そうらしいですね」右京は軽くうなずくと、「しかし、撃ち殺してでも金品を奪うのが強盗ですよ。もしも撃ち殺してしまったことに動転して逃げ出したのならば、それはもはや強盗ではありません。泥棒という表現のほうがしっくりきます。拳銃を持った泥棒」

薫は呆れつつ、「そんなのことばの綾でしょ?」

「そうでしょうか？　犯人は邸に押し入り、奥さんに拳銃を突きつけて金を出せと迫った。これは間違いなく強盗の手口です。ところが奥さんの抵抗に遭い、その最中に暴発に近いかたちで弾がご主人に命中した。強盗ならば、そこでひるむでしょうかね？　むしろひとり減ったことを幸いに、奥さんをさらに脅して金品をせしめる。そのぐらいのことはしそうじゃありませんか。それから逃げても遅くはない」

「でも、ですよ」

思わず大きな声を出し、周囲から非難の眼差しを受けた薫は、声を潜めた。

「警察に通報されていましたからね」

右京が立ち上がる。相変わらず抑制された口調で、「しかし、少なくとも犯人はそれを知らなかったはずですよ。それとも奥さんかご主人が犯人に告げたのでしょうか？」

「さあ、それは確認してませんけど……」

「ぜひ確認したほうがいいですね」

「犯人は初めてだったのかもしれませんよ。初めての強盗……それで取り乱した」

「確かにそうかもしれません」

右京は一旦認め、その後、否定的な見解を述べた。

「しかし、初めてにしては見事な逃走ですね。足取りがまったくつかめないそうじゃないですか。仮に拳銃を持った泥棒だとします。拳銃は万が一の威嚇用です。そういうことなならば、まず誰もいなかった一階を物色しそうなものですよね。そこで用が足りればいいわけです。ところが犯人は、一階には目もくれず、二階に上がって邸の住人を脅している。やはり強盗の手口です。泥棒らしくない。どうもぼくには、いまひとつ犯人像がイメージできないんですよ」

　米沢は右京の抱いている違和感を正確に理解したようだった。

「つまり、こういうことでしょうか。強盗ならばしそうなことをせず、泥棒ならばしそうにないことをしている。逆に、強盗ならばしそうにないことをして、泥棒ならばしそうなことをしていない」

　薫は頭が混乱したが、右京はよき理解者に微笑みかけた。そして自分の意見を述べた。

「そもそもみんなが強盗と信じて疑わないのは、警察への通報でご主人が〝強盗〟ということばを使ったからじゃありませんか。そのあたりから疑ってみてもいいような気がするんですがねえ」

　麹町東署の刑事課長、海音寺菊生は意外と目端が利く人物だった。薫が右京から聞いた疑惑を伝えると、すぐに理解を示したばかりか、そのアイデアの出所が杉下右京であることを看破したのである。

「クビになったんだってな」

海音寺はしばらく思案すると、意表を突く発言をした。

「よし、わかった。うちで雇ってやる」

「は？　いや、雇うったって……」

「つべこべ言わずに連れて来い、亀薫！」

この妙に熱血漢で妙に男気の強い刑事課長は、また妙にタガの外れたユーモアのセンスをも備えていた。そうして初対面から罵倒し続けている薫に、反面、信愛の情を抱いているらしく、いつからか亀山薫を略して「亀薫」と呼ぶようになっていた。

「あのう……俺、亀山薫なんですが……そんなことしていいんですか？」

「いいに決まってんだろう！　ＦＢＩだってな、超能力者雇って事件を解決してんだよ。それと同じ理屈だよ」

薫には全然同じ理屈には思えなかったが、剣幕に気圧《けお》されて、右京を捜しに出かけた。

海音寺のほうはすぐに署長に許可を求めた。

「いささかはしゃぎすぎだと思うがね」

常識のある署長が非常識な刑事課長の提案に難色を示した。

「そうでございましょうか？」

「杉下右京はクビになった刑事だ。それをわざわざうちが使うのは、いろんな方面から反発も大きい」

非常識な海音寺は少しもめげていなかった。「私の構想を申し上げましょう」と言って、勝手にプランを述べはじめた彼の目線は、もはや眼前の世界を遊離して中空を漂っていた。

「うちに特命係をつくるのです。署長は特命係が、いや、特命係というよりも杉下右京と亀薫のコンビが、どれだけの実績を上げてきたか、ご存じですか？　最近の例を挙げれば、前内閣官房長官、朱雀武比古が殺人容疑で逮捕された事件。これを解決したのもこのふたりです」

署長が鼻を鳴らしても、海音寺はへこたれない。

「杉下右京はかなり難しい男と言われております。しかし、その男をある意味コントロールできる人間がひとりいます。それが亀薫です」

「亀山だろう？」

「亀でよろしい！」

海音寺は虚空を見つめていた視線をキッと署長に向けて一喝すると、

「亀を動かして杉下右京をうちに引き入れ、警視庁の特命係に勝るとも劣らない機能を私は持ちたい。そう考えておるのでございます」

重大な秘策をここに披露する、とでもいったような口調で、刑事課長は胸を張った。

そうして、「なんのために？」という署長の極めて真っ当な質問に返ってきたのは、極めて曖昧な答えだった。

「世のため、人のためでございます」

あまりの大風呂敷に署長が声に出して笑うと、海音寺は心外な顔になった。

「そんなにおかしいですか？　私は警察官として至極当たり前のことを申し上げたつもりですが」

署長は呆れ返って、ただ首を振るばかりだった。

四

とにもかくにも海音寺の一存によって麴町東署に独自の雇用形態で雇われ、捜査に加わることになった右京は、まずは薫とともに、撮影所のスタジオを訪れた。小峰夕月に話を訊くためである。

スタジオではちょうどドラマの撮影を行なっていた。夕月は女性刑事役のようで、昨夜は悲しみに沈む未亡人そのままだったが、ダークのパンツスーツをきりりと着こなし、今日は一転して切れ者の捜査員に見える。さすがに女優の変身ぶりはすごいものだ、と薫は感心した。ふたりが撮影のようすを眺めていると、マネージャーの松永が近づいてきた。

「昨夜は失礼しました」

薫に向かって、挨拶をする。

「あ、どうも。お忙しいところすみません。うちの杉下です。こちらが、小峰さんのマネージャーの松永さん」

　薫がふたりを引き合わせると、右京が松永に用向きを伝えた。

「小峰さんに少しお話をおうかがいできたらと思いまして」

「このシーンを撮り終えたら休憩です。それまでお待ちいただけますか」

「ええ、もちろん」

　本番がスタートし、夕月は女刑事役を迫真の演技でこなした。


　撮影がひと段落し、右京と薫は夕月の楽屋に招かれていた。夕月は鏡の前に座り、化粧直しをしていた。その表情には、さすがに少し心労が浮かんでいるように見えた。

「少し食べたほうがいいですよ」

　松永が仕出しの弁当をすすめるが、夕月はかぶりを振った。

「食欲ないの」

「食べないと体が持ちません。無理して箸をつけてください」

　それでも、刑事の服装をした女優は弁当には見向きもせず、本物の刑事のほうに向き直った。

「どうぞ、なんでも訊いてください」

「そうですか」と、右京。「いくつか確認したいだけです。お手間は取らせません」

「ええ」

右京が質問を開始した。

「ご主人の古谷彦六さんとは内縁関係だったそうですね。ご結婚はされていない。てっきり正式な夫婦だと思っていましたが」

「皆さん、そう思ってらっしゃったようですけど、婚姻届は出していません」

「なぜですか?」

「うーん」

と少し考え込んだ夕月は、あたかも現場にいる役者が突如アドリブの名ぜりふを思いついたとでもいうような表情で、

「紙切れ一枚で束縛されるような間柄になりたくなかったからかしら。愛し合っていても束縛されず、お互い自由でいたかったんですよ」

と言いつつ、遠いところを眺めるような目つきをした。

「なるほど。ところで、あなたはどうして犯人への抵抗を試みたのでしょうか?」

「は?」

「警察には通報済みでした。つまり、あと少し待てば警察が来たんですよ。警察の到着を待つほうが少なくとも安全だと思うのですが、そのわずかな時間を待たずに、抵抗し

てしまったのは、なぜなのでしょうか？」

　夕月は虚を突かれた顔になり、助けを求めるような目で松永を見つめた。夕月をかばうように、松永が前に出てくる。

「そんなこと明快に答えられると思いますか？」

「はい？」

「なぜって、とっさにそうしてしまっただけでしょう？　あとで考えればあなたの言うとおりかもしれませんが、その場は必死だったんですよ。あなたの言ってるのは結果論に過ぎない。それとも小峰を非難してるんですか？」

　身を乗り出して夕月の代弁をする松永の語調は鋭く、その勢いに気圧されて、

「とんでもない。ちょっと気になったものですから確認したいだけです」

と弁解に回る右京に成り代わり、薫が松永と夕月に詫びた。

「すみません。訊きづらいことも訊かなきゃならないのが、我々の仕事なもんで。これも犯人検挙のためですから。申し訳ないです」

「いいえ」夕月は神妙な顔になり、「おっしゃるとおりです。あと少し待てば……馬鹿なことをしました。後悔してます」感情が高ぶったのか、次第に涙声になる。「これじゃあ、答えになってませんね。ごめんなさい。でも、松永の言うとおり、明快にお答えするのは難しいわ」

女優の涙に薫がおろおろしていると、マネージャーがいたわりの声をかけた。

「何度も言いますけど、夕月さんが気に病む必要はまったくありませんよ。そうでしょ？」

最後の質問は刑事に向けられたものだったので、薫が代表して「ええ」と答えた。

麴町東署の急造特命係のふたりは、そのまま古谷と夕月の邸へ移動した。到着したとき、邸の前で制服警官とひとりの男が押し問答をしていた。男は警官に、何とか邸の中に入れてほしいと陳情しているところだった。ボタンダウンのシャツの肩に脱いだセーターを羽織り、セル縁のメガネをかけた男は、いかにも「業界」らしいなりをしていた。

警官から事情を聞いた薫が身分を尋ねると、案の定、男は轟という名の某テレビ局のプロデューサーで、古谷彦六の最後の手書き原稿が絶対あるはずで、自分はそれを捜しに来たのだと説明した。

「先生が殺された日は締め切りの前日だったものですから、通常だったらほとんど仕上がった脚本があるはずなんです」

こう言い張る轟を古谷の書斎に入れて三人がかりで捜したが、原稿はどこにも見当たらなかった。

「ありませんね」

「ないですね」

轟が弱りきった顔になる。

「押収品の目録にも原稿はありませんでしたね？」

右京が薫に確認を取る。

「はい、確か」と薫は答え、轟には「本当にあるの？」と疑うような視線を向けた。

「夕月さんに確認したら、なんか先生、スランプだったようで、一行も書けてなかったっておっしゃるんですよ」

「なんだ。だったら、なくて当然じゃないですか」

「そんなはずないんですよ」それでもプロデューサーは抵抗した。「先生、これまで一度たりともスランプなんて上等なもんに……」と言いかけて、自分の言葉が過ぎたことに気がとがめたのか、そこでひと呼吸おいて、「そんなものに陥ったこと、なかったんですから。締め切りだってきっちり守る。そりゃもう、作家の鑑《かがみ》みたいな人で。締め切り前日には書き上げて、推敲なさってるような人でしたから」

右京が興味を示した。

「しかし、小峰さんはスランプだったとおっしゃっているわけですよねえ。原稿はまったく書けていなかった、と」

「夕月さんを信用しないわけじゃないんですけど、とにかく捜してみようと思って。もしあれば、古谷先生の遺作になるわけですからね、先生のためにもぜひオンエアしたいと思ってます」

「ちなみに古谷先生は、どんな作品をお書きになっていたんですか？」

「事件物です。レギュラーの刑事ドラマ」

右京がますます興味を示す。

「なるほど、刑事ドラマですか……今回はどんなお話を書く予定になっていたんですか？　事前に打ち合わせのようなものはされないんですか？」

「通常はしますけど、古谷先生は大ベテランですからね、すべてお任せにしてました」

轟が引き上げたあとも、右京と薫は原稿を捜し続けた。薫は疑問を感じていたが、右京は轟の言い分を信じていた。

本棚の隅から隅まで捜し、徒労に終わった薫がぼやく。

「右京さんの考えだったら、小峰さんが嘘をついてるってことですよね。スランプだったなんて。だとしたら、ここを捜したってないんじゃないですか。あったものをないと言っている以上、もう処分してしまってますよ」

「ですから、原稿を捜しているわけではありませんよ」

「だったら、なにを捜してるんですか？」

「メモのようなものがないかと思いましてね」

右京の目が書斎には似つかわしくないものを見つけた。缶入りの接着剤と使いかけの壁紙だった。

「メモ？」

「アイデアを書き留めたようなものがないか、と。もしも原稿を処分したのだとしたら、なぜそんなことをしたのか。おそらく原稿の中身にその答えがあるはずです。もはや原稿自体を発見することは不可能でしょうが、せめて創作ノートの類でもあれば、中身を窺い知ることができるかもしれません」

「で、ありそうですか？」

薫が皮肉っぽく訊くと、右京は発見したばかりものを手に取って検《あらた》めた。

「こんなものならありました。家庭用の壁紙と糊です」

「見りゃわかりますけど、メモを捜しているんでしょ？」

右京はその問いには答えず、書斎の壁をひとしきり眺め渡した。発見した壁紙とは模様が違うことを確認すると、バスルームに向かう。壁を見回す右京に、薫が訊いた。

「なにしてるんですか？」

「壁を貼り直した跡がないかと思いましてね。壁もノート代わりになりますから」

「え？」

結局、壁紙はバスルームのものでもなく、トイレのものとわかった。色も模様もぴったりで、壁紙を貼り直した跡も簡単に見つかった。トイレットペーパーホルダーの上、洋式便器に座った際にちょうど手が届くあたりに、新しい壁紙が貼られていたのだ。右京が慎重に壁紙を端からはがしていくと、中から手書きの文字が出てきた。右京は作業を中断し、携帯電話を取り出して米沢守に応援を求めた。

嬉々として駆けつけた優秀な鑑識員は細心の注意を払って作業を行ない、壁紙をはがした。壁紙の下には何層もの白紙が重ねて貼ってあった。白紙には油性マジックでなにやら文章が書き連ねてある。古谷のアイデアメモに間違いなかった。米沢は一番上のメモをはがしにかかった。

「トイレでアイデアをひねり出しては、壁に書き留める。書く場所がなくなったら、新しい白紙を貼る」

右京の説明を薫が引き継いだ。

「で、またアイデアを書き留める」

「ええ、古谷先生はそれを繰り返してらっしゃったわけです」

米沢によってはがされた最新のアイデアメモが、リビングのテーブルの上に置かれていた。右京がそのメモの一節を指差した。

「亀山くん、ここを読んでみてください」

「ええっと……『伴侶に庭の不審者を発見させる』『強盗かもしれないと伴侶に通報さ

せる』『警察が着く前に不審者とともに伴侶を射殺する』……えっ？」

こんな偶然あるんでしょうか、という言葉を呑み込んで振り返る薫に、

「そっくりな事件が起きたばかりですね」

と冷静に応える右京のメタルフレームの眼鏡の奥の目が、輝きを帯びた。そして続けて、「偶然でしょうかねえ」とつぶやいた。

五

この発見についてさっそく小峰夕月に話を訊こうと、右京と薫は滞在先のホテルに向かって車を飛ばした。ちょうどその頃——

目指すホテルの一室では、夕月と松永がただならぬ気配で向かい合っていた。

「どうしてきみはあんな……あんなまねをしたんだ！」

「あんなまねって？」

激昂する松永と対照的に、落ち着き払った夕月は、窓に下ろしたカーテンの隙間から、ホテルの入り口に未だたむろしている報道陣を無表情に眺めながら問い返した。

「ただでさえ疑いがかかっているこの時期に、あんな発表をするなんて」

その数刻前、夕月はホテルの会議室で記者会見を開いたのだった。そして、殺人事件

について何か進展につながる発言を得られるものと期待して集まった記者たちに投げられた夕月のことばは、ある意味、期待以上の衝撃を彼らに与えた。

「わたし、結婚しようと思います」

晴れ晴れとした表情で夕月がそう告げると、会場にどよめきが生まれた。

「どなたとですか？」

すかさず質問を繰り出した記者に答える代わりに、夕月は会場前方に直立不動で立っている松永に目線を投げた。

この場の誰よりも驚いていたのが、当人の松永である。記者陣の好奇の視線と同時にフラッシュを浴びたマネージャーは、さも身の置き所がないかのようにうつむくばかりだった。

「みすみす警察に、動機があるのはきみだと教えてしまったようなものじゃないか！」

松永の語気の激しさに、夕月は一転、落ち着きを失い、彼の脇に駆け寄って胸に顔を埋め、涙ながらに訴えた。

「もう、いやなの。一日でも早く、一刻でも早く、あなたと一緒になりたいの……それに、この発表はきっと、警察の逆手をとれるはずよ」

胸にすがりつく夕月を優しく抱きながら、松永は思い直したように囁いた。

「悪かった。いや、ぼくが悪かったよ。許して欲しい。きみを責めるつもりは毛頭ないんだ。きみはよく耐えた。耐えすぎたくらいだ。もう、いい。もう、済んだんだよ。幕は下りたんだ」

「そう、そうなのね。本当にもう、終わったのね。大丈夫。わたしたち大丈夫よ。なぜって、わたしは……わたしは本当に夫を殺してはいないんだから」

右京と薫がホテルの一室を訪れると、女優は窓際の椅子に座っていた。奥の寝室のダブルベッドの上にはマネージャーの松永が腰をおろして、心配そうな視線を夕月に向けていた。

右京はひととおり、古谷のアイデアメモ発見の経緯とそこに書かれていた内容について説明をしたあとで、「とても偶然とは思えませんのでね」と締めくくった。

薫がもっとストレートに質問する。

「今度の事件とまったく一致してますよね。どういうことでしょう?」夕月が答えようとしないので、「強盗は共犯だったんですよ」と松永に向かってたたみかける。

「それは古谷先生のメモの話でしょ?」

あらかじめ準備していたかのように、淡々とマネージャーが応じた。

「実際の事件もそうだったんじゃありませんか?」

「さあ、私に訊かれても……」

「犯行時刻、あなたはどこでなにをなさってましたか?」

薫のぶしつけな質問に、松永が気色ばむ。

「私が強盗だとでも?」

「念のためにお訊きしているだけです」

「私が強盗で、小峰と共謀して古谷先生を殺した。つまり、そう思ってらっしゃるわけですね?」

興奮する松永から刑事の注意を逸らすかのようなタイミングで、夕月が立ち上がった。うっとりしたような表情で、外の景色をぼんやりと見ながら爆弾発言をした。

「ついさっき、記者会見したの。わたしたち結婚するんです」

「結婚?」薫が確認する。「わたしたちって……」

「そう。わたしと、そこにいる松永くん。もっとも、まだ具体的な日取りが決まっているわけじゃないから発表だけ」

まるでふたりの共犯を認めているかのような捨て身の発言に薫が目を丸くしていると、夕月が先を続けた。

「ねえ、そんなわたしたちが古谷を殺したと思います? そんなわかりやすいまねすると? だって真っ先にわたしたちが疑われるわ。いくらなんでも、そこまで馬鹿じゃありません」

　薫は絶句した。この告白はどういう意味なのだろう。窮余の策の言い逃れではないのだろうか。

「なによりも、こんなときに結婚発表したのが、わたしたちが潔白である証拠じゃないですか？　古谷の死について、なにもやましいところがないからこそ、発表できた」

「すみませんが」黙って夕月の告白に耳を傾けていた右京が、唐突に申し出る。「おトイレを拝借できますか？」

　夕月はやや当惑しつつも、「どうぞ」と快く応じた。薫は正気を疑うような視線を右京の背中に向けながら、夕月に迫った。

「じゃあ、あの涙はなんだったんですか？」

「どの涙かしら？」

「あの夜の涙ですよ。あれは愛する夫を失った妻の涙じゃなかったんですか？　それとも、お得意のお芝居ですか？」

「ずいぶんひどいこと言うのね。わたしはいまも、わたしが古谷を殺したと思ってる」

　夕月が思いつめたような表情で薫を凝視した。薫にはそれが素の表情なのか演技なのかわからなかった。

「もちろん、心情的によ。偶発的な出来事だったとはいえ、わたしが犯人に抵抗したばっかりに古谷は命を落とすはめになった。それは事実なの。一生消せないわたしの十字架よ。取り返しのつかないことをしてしまった。その後悔と古谷に対する済まない気持ちが、わたしを止めどなく責め立てたわ。それをお芝居だなんて！」

薫の目には、夕月の言動がますます芝居がかって見えた。とはいえ、絶対に演技だとは断定できない。口をつぐんで見守っていると、トイレから右京が戻ってきた。

この愁嘆場にふさわしくない生真面目な口調で右京が夕月に問う。

「あなたはトイレの古谷先生のメモを、事件の前にご覧になりましたか？」

「またその話？　いいえ。二階のトイレは古谷専用でしたから」

「入ったことはありませんか？」

「ええ」

「一度も？」

右京が念押しすると、夕月は「ないわ」と即答した。

「そうですか。しかしぼくは、トイレの壁紙を最後に貼ったのはあなただと思いますよ」

「なぜかしら？」

「トイレの壁は何層にも古谷先生のメモが貼ってありました。アイデアを書き込む場所がなくなると、そのたびに先生は貼り直して、新しく書き込めるようになさっていたようです。ところが、最も新しいトイレのメモには、まだ十分に書き込める余白があるにもかかわらず、それを覆い隠すように壁紙が貼ってあったんですよ。あの段階で古谷先生がそんなことをするとは思えません。しかも、強盗に殺される前にわざわざ壁をきれいにしたというのは、かなり不自然じゃありませんか？　つまり、別人のしわざ」

涼しい顔で右京の推理を聞いていた女優が、興味深そうに訊く。

「それがわたしなの？」

「あのお邸に住んでいらっしゃったのは、古谷先生とあなただけです。それとも強盗が細工して、そのまま逃走したのでしょうかねえ」

薫がマネージャーのほうを振り返る。松永は不愉快そうな顔で睨み返してきた。夕月に対する右京の告発が続く。

「あなたは古谷先生がほとんど書き上げてらっしゃった原稿も処分したはずです。おそらくトイレのメモをもとに書かれた原稿だったのでしょう。お読みになったんじゃありませんか？」

「なにをおっしゃってるのか、さっぱり」

「わかりませんか？　それは残念です。もしもお読みになったのならば、どんな結末なのかお訊きしたかったものですから」

「は？」

意外な方向に向かう刑事のことばに戸惑う女優に、右京が左手の人差し指を立てて説明を続けた。

「テレビの刑事ドラマですから、犯人は必ず捕まっているはずです。主人公の刑事がどんな証拠をつかんで犯人を追いつめたのか、ぜひ参考にしたかったのですがねえ」

ホテルから引き上げる車中で、運転席の薫が助手席の右京に語りかけた。

「不倫の恋の成就のために夫を殺した、そういうことですかね?」

「マネージャーさんとの仲は、正確には不倫じゃありませんねえ。彼女と古谷先生は未入籍だったわけですから」

分別臭い答えがいかにも右京らしかったので、薫は苦笑した。

「細かいことは置いときましょうよ。とどのつまりは、邪魔になった内縁の夫を始末した。そういうことでしょ?」

「しかし、彼女の言い分も一理ありますよ。みすみす疑われるのを承知で、この時期に結婚宣言するのは、確かに馬鹿げている」

「どっちなんですか? あのふたりは犯人なんですか? それとも違うんですか? はっきりしてくださいよ」

「殺しの手口が釈然としませんねえ」

助手席の疑り深い性格の男が疑問を口にした。

「邪魔になった内縁の夫を殺害するのに、なぜあんな芝居がかった手口を用いたのか。あれが不倫の果てに夫を殺害するのにふさわしい手口だと思いますか？」

「女優ですからね」

運転席のお人好しで騙されやすいタイプの男の解釈は素直だった。

「芝居がかってても、ちっとも不思議じゃないでしょ？」

「なるほど、それも一理ありますね」

六

ふたりは古谷の邸宅に戻った。右京がもう一度現場で証拠を捜したいと主張したのだ。右京は特に二階のトイレを気にしていた。床にしゃがみ込んで、便器の下などを丹念にのぞいている。薫はこの捜査に否定的だった。

「無駄なんじゃないすか？　鑑識が調べましたからね」

「上手の手から水が漏れるように、どんな優秀な鑑識であっても、見落としをする可能性はありますよ」

「そんなこと言い出したら、どんな可能性だってあるでしょうけどね……で、なんかありました？」

「いいえ」

右京は名残惜し気にトイレを見渡している。

「でしょ？　世の中そんなうまくいきませんって」

「きみも調べますか？」

「結構。無駄ですよ」

「そうですね。ぼくが調べてなにも発見できないものを、きみが調べても時間の無駄でしょう」

そうには違いない。違いはないが……こうもあからさまに言われると、無性に腹が立つ。やりどころのない苛立ちを隠しきれない薫にはとんとお構いなしに、右京はことばを継いだ。

「もしかしたら、書斎にあった缶入りの接着剤が怪しいかもしれません。小峰さんの髪の毛が落ちている可能性があります。調べてみましょう」

そう言いながら、右京は廊下に出て、そのまま書斎に進む。薫はむっとした気持ちで追いかけようとして、右京の足元に目を落とした。

「右京さん、スリッパ！」

右京には珍しい失態だった。トイレのスリッパを履いたまま出てきている。

「これはうっかりしていました」

脱いだスリッパをトイレに戻しに行こうとする右京を薫が止めた。

「俺が戻してきます。右京さんはどうぞ接着剤を調べてみてください」

　薫は右京を書斎に追いやると、念入りにトイレの中を調べはじめた。なんとか右京を見返してやりたい。しかし、やはりなにも見つからなかった。諦めて最後になにげなくスリッパを裏返したときに、奇跡が起こった。女性のものと思われる長い髪の毛が一本、スリッパの底に貼りついていたのである。

　薫はスリッパをそのまま書斎に運び、缶をかき混ぜていた右京に差し出した。

「これ、小峰夕月の髪の毛じゃありません？」

　右京はしげしげとそれを眺め、

「なるほど。女性の髪のようですね」

「履いてたんじゃ見つかりませんよ」

「ええ、おっしゃるとおり。ぼくとしたことが、いささか間が抜けていました」

　得意満面の薫に、右京が先ほどの女優の発言を思い出させた。

「小峰さんはここのトイレには一度も入っていないと断言してらっしゃいましたが、もしもこれが彼女の髪の毛だとしたら……」

「彼女は嘘をついてるってことですよ。入ったことのない人の髪の毛が落ちてるわけない！」

その日の午後、小峰夕月は雑誌の表紙撮影のためにスタジオ入りしていた。右京と薫が押しかけたとき、夕月はカメラマンの注文に応じて、さまざまなポーズをとっている最中だった。

傍らで目を細めて見ているマネージャーのもとへ、ふたりはゆっくり近づいていく。松永は射るような目で牽制したが、トイレで髪の毛を発見した話を聞くと、舌打ちをして首を振った。

休憩時間に入ったところで、スタジオの隅に夕月を呼び、事情を訊く。

「トイレに、あなたのものと思われる髪の毛が落ちていたんですよ」

右京が報告し、薫が協力を求める。

「本当にあなたのものかどうか調べたいんで、ぜひ髪の毛のサンプルをいただきたいんですが」

「強制ではないんでしょ?」松永は抗議口調だった。「やらなくていいですよ」

「調べられたら困りますか?」

「髪の毛が一致したら、どうなるの?」

不安げに尋ねる夕月に、薫が答えた。

「トイレに一度も入ったことがないというあなたのことばは嘘だという可能性が高くなりますね」

「それだけのことでしょ」

「確かにそうですが、どうしてあなたがそんなつまらない嘘をついたのか、納得のいく説明をしてもらうことになります。嘘をつくにはつくだけの理由がある。そうでしょ？　その理由をお訊きしますよ、徹底的にね」

　このときカメラマンから声がかかった。休憩時間は終了だった。夕月は立ち上がると、髪の毛を搔き上げるような優雅なしぐさで、おもむろに一本抜き取った。恨むような目でそれを薫に渡したと思うと、次の瞬間には撮影用のスマイルを作っていた。


　米沢に分析してもらったところ、夕月から直接もらった髪の毛とスリッパの底についていた髪の毛は同一人物のものとわかった。

「やった！」

　結果を知った薫が合格発表で自分の番号を見つけた受験生のようにはしゃいだ。

「壁紙の工作は夕月ですよ。彼女、亭主の思いついたアイデアどおりに、亭主を殺したんですよ」

　右京は浮かれすぎの相棒をたしなめるように、

「その可能性はありますよ。もっとも、この髪の毛がその証拠になるわけじゃありませんが」

「大丈夫ですよ」薫が請け合う。「これで突破口ができます。必ず追い詰めてやりますよ」

麹町東署で薫を待ち構えていたのは伊丹、三浦、芹沢という警視庁捜査一課の三人であった。

「所轄の亀山ぁ〜」さっそく伊丹が悪態をつく。「情報の独り占めはないだろう」

「なんのことだ?」

「便所の落書きだよ」

「髪の毛もだ」と、三浦。

続けて芹沢が補足する。「鑑識さんから聞きました。そういう貴重な情報は、きちんとぼくたちにも知らせてもらわなきゃ困りますよ。いもしない強盗を追いかけてたんじゃ、シャレにもなりませんから」

「ま、どうせおまえがつかんだわけじゃねえだろうけどな」

「超能力者の警部殿の手柄だろ?」

「おまえはいつもどおり腰ぎんちゃくしてただけだろうが」

「気楽なもんだ、腰ぎんちゃくは」

伊丹と三浦が交互に挑発する。

「髪の毛は俺が発見したんだ」

薫が日頃の鬱憤を晴らすかのように大きく胸を張ると、芹沢が驚きの声を上げた。

「へえ、珍しいこともありますね」

薫は芹沢の頭を平手で叩いた。


捜査一課の三人は、小峰夕月とマネージャーの松永を宿泊先のホテルで待ち伏せした。正面玄関にはマスコミ関係者で人だかりができていた。衝撃的な古谷の死、それに続く松永との結婚の電撃発表で、いまや夕月は時の人だった。

玄関のほうが騒がしくなった。夕月のご帰還のようだと察した三人が出迎えのために立ち上がって待ち構えていると、マネージャーに抱きかかえられるようにして女優が入ってきた。三人そろって警察手帳を掲げたとき、フラッシュが光った。どうやら、どさくさにまぎれて潜入したカメラマンのようだ。小柄な男が脱兎の如く逃げていく。

「とっ捕まえて、フィルムを没収しろ！」

伊丹は芹沢に命じると、夕月と松永の前に立ちはだかった。

「お疲れのところ相すみませんが、署までご足労願えませんかね？」

マネージャーが精いっぱい年上のフィアンセを守ろうとする。

「逮捕状はあるんですか？」

「おや、逮捕状を請求されるようなことをなさったんですか？」

伊丹が冷笑を浮かべると、三浦が諭すように耳元で言った。

「任意ですよ。来るも来ないもあなた方の自由。ですが、素直にいらしたほうが身のためだとは思いますよ」

〈花の里〉の暖簾をくぐる前まで、薫の気分はかなり高揚していた。昼間の髪の毛発見により、気をよくしていたのである。しかし、カウンターに座る美和子の姿を見たとたん、高揚感は五割程度に減じてしまった。

いつもの笑顔で迎えてくれるたまきにビールを注文すると、美和子を無視して、先に来ていた右京の隣に座った。美和子に聞かれないように、小声で右京に報告する。

「伊丹たちが小峰夕月を麴町東署にしょっぴいて来ました」

「証拠もなく、よく連行できましたね」

「無理矢理ですよ。脅してすかして、やつらのいつものやり口です」

「なるほど」

「まあ、やつらの強引さはともかく、髪の毛が突破口になったことは確かなようです。それで、トイレのメモの上に壁紙を貼ったことは認めましたから」

「認めましたか」

「ええ。トイレの壁の件は認めましたけどね、亭主殺しは全面否認です。ま、壁を貼り直したり、壁に書かれたメモを見たりしたからといって、殺した証拠にはなりませんからね。だけど、状況的には真っ黒で……」

薫は突然ことばを切った。背後で美和子が聞き耳を立てているのに気づいたのだ。

「なにやってんだ？」

「怪しいよね」と、美和子は考え込むポーズになった。「亭主が死んだとたん、別の男と結婚宣言。真っ黒かね、やっぱり？」

「あっちに行っててもらえます？」

「新しい男ができると前の男は当然、邪魔になるしねぇ」さらっと恐ろしいことを口走る。「過激な女だったら前のを始末しちゃうんだろうね」

「ああよかった。俺は始末されなくて」

「わたし、ご覧のとおり、優しいから」

元恋人同士の痴話喧嘩をたまきが仲裁する。

「人生いろいろありますから」ビール瓶の口を差し出し、「さ、亀山さん、どうぞ」

つまらないいさかいで薫の高揚感が二割程度になってしまったとき、引き戸が開く音がして新たな客が入ってきた。

「あなたでしたか」

右京が意外そうな顔をしているので、薫が振り向くと、鑑識課の米沢が立っていた。

「私でした」

米沢は応えると、右京の隣に座り、ソフトドリンクをオーダーした。

「禁酒してるもんですから。実は、酒で失敗して女房に逃げられたもんで。ウーロン茶にします」

カウンターにウーロン茶が置かれたところで、米沢がふたりに言った。

「非公式にお話がしたいと思いましてね。例の髪の毛です」

「髪の毛がどうしました？」

右京がうながすと、米沢が一気に自分の意見を述べた。

「あれをトイレで発見したというのは奇跡だと思います。いや、違います。インチキです。現場検証の際にあれを鑑識が発見できなかったわけがない。もし見落としたのだとしたら、その鑑識員はクビですね。斯《か》く言う私も、習い性というやつでしょうか、壁紙をはがすためにトイレに入ったとき、ひととおり調べました。もちろんスリッパの裏も。あんなものはありませんでした」

「インチキって……どういうことですか？」

正直なところ、薫はわけがわからなかった。

「つまり、あの毛髪は捏造された証拠品ではないか、と。ま、大した証拠品ではありませんし、目くじら立てるほどのことではないと思いますが、疑問は疑問として一応、お答えをいただいておこうかと思いましてね」

米沢のことばを聞きながら、薫はなぜ右京がホテルでわざわざトイレを借りたのか、ようやく思い至った。と同時に、言いようのない怒りが全身を貫いた。

「右京さん、あなた……ホテルで小峰夕月の髪の毛を手に入れて、それを俺に見つけさせたんですか？」

怒りを抑えた震える声で訊ねる薫に対して、

「ええ」

とあっさり、右京は不正を認めた。

「なんでそんなことを……」

右京がふだんよりもわずかに表情を硬くした。

「きみのことばを借りるならば、なにか突破口が欲しかった、そういうことでしょうか。彼女がトイレのメモの上に壁紙を貼ったことは間違いない。メモを見ていたことも確かです。それをどうにかして、彼女に認めさせたかった。認めさせることができれば、そこから戦いを挑めますからねえ」

「だからって、俺まで騙すことないじゃないですか」

「敵を欺くにはまず味方から。そう言うじゃありませんか」

ともなげに話す右京に、薫が堪らず感情をあらわにした。

「冗談じゃないですよ！　俺はあなたの策略に引っかかって、髪の毛一本を大発見したみたいにはしゃいで、まるで道化じゃないですか！　やりたきゃ、他人にやらせないで、自分で大発見すればいいでしょ！」

「しかし、ぼくはお芝居がうまくありませんから。彼女のように真っ赤な嘘をまるで本当のことのように上手に語ることはできません。ですから、それを本物だと信じてくれる人が必要だったんです。つまりそれが、きみでした」

あまりに冷淡な相棒のことばに、薫の怒りは悲しさに入り混じって、やり場のない独白に変わった。

「俺は……俺は、猿回しの猿ですか！」

薫はカウンターを力いっぱい叩いて立ち上がると、憤然と出て行った。

その背中を目で追いながら、美和子はすんでのところで声を呑み込んだ。

同じ頃、麹町東署には薫と同じくらい激情に駆られた人物がいた。捜査一課の芹沢だ。伊丹と三浦が小峰夕月を取り調べていると、取調室の外から怒鳴り声とともになにかが倒れる音が聞こえてきた。驚いた伊丹と三浦が部屋を出ると、芹沢が松永を殴り倒していたのだ。

「ざけんじゃねえ、この野郎！」

温厚な芹沢がこれほど興奮しているのを目の当たりにして、一課の先輩刑事ふたりは一瞬なにが起こっているのか信じられなかった。

自分の署に出来《しゆつたい》した不祥事に血相を変えた海音寺に思い切り頬を張られて、ようやく芹沢は正気に戻ったようだった。

「なにがあったんだ？」

海音寺の問いに芹沢が肩で息をつきながら答える。ワイシャツもズボンもぐっしょり濡れていた。

「こいつがお茶を……せっかく出してやったのに……」

「わざとじゃないよ」

松永が上体を起こしながら言った。口の端が腫れ、血が流れている。

「わざとじゃなくて、こんなになるかよ！　しかも、俺のことをお茶汲みって……」

再び殴りかかろうとする芹沢を、海音寺と三浦が止めた。

「任意でしたよね？」松永が不敵に口をとがらせて言った。「帰るのも自由でしょ？」

制止する伊丹を振り切って、松永は取調室のドア口から心配そうに見ている恋人のところへ駆け寄った。

「どうしちゃったの、その顔？」

「馬鹿な刑事に暴行を受けた。さっそく表で記者会見だ。どうせ待ってるだろ、マスコミのやつら」

松永はそう言い捨てると、夕月を伴って刑事課のフロアをあとにした。

夕月と松永がマスコミに警察の横暴な捜査の実態を説明している頃、マンションに帰り着いた薫は、煙草に火を点けようとしていた。しかし、タイミングが悪いときは何事もうまくいかないもので、ライターのガスが切れている。薫がライターを放り投げ、ガスレンジの火で煙草に着火しようとしていると、いきなりリビングの扉が開いた。振り返ろうとして、髪の毛の先を一部焦がしてしまった。タンパク質の焼ける、嫌な臭いがする。

「なに、この臭い？」

入ってきたのは美和子だった。

「どうやって入ってきた？」

声に不機嫌さをにじませて薫が詰問する。

「返すの忘れてた」

そう言って美和子は、部屋の鍵を差し出した。

「返せ」

美和子は鍵をテーブルの上に置き、床のライターを拾い上げた。

「散らかってるね」

「用が済んだら帰れよ。彼氏に怒られるぞ。昔の男んとこなんかに来てたら」

元恋人の嫌味を聞き流し、美和子はひとつ大きく息をつくと、

「右京さん、反省してたよ」

「しないよ、あの人は」

「それがわかってるんだったら、怒るだけ無駄でしょ」

「頭来んだよな」薫は吸った煙を大きく吐いて、「飄々《ひょうひょう》と生きてるだろ、あの人。風に吹かれるまま……それが無性に、羨ましいのかな……だから頭来んのかな」

七

「よーく撮れてるじゃないか。島根のお袋さんに送ってやったらどうだ?」

翌朝、内村完爾《かんじ》警視長の大きな声が警視庁の刑事部長室に響き渡った。確かにその声だけを聞いた者がいれば、このいつも不機嫌な男が、珍しく鷹揚な明るい態度をふるまっているように思えただろう。しかし、背もたれをこちらに向けて、壁を眺めている内村の目は引きつり、口元はピクピクと痙攣していた。

「ほら、これっ」

投げ出すようにそう言って、後ろ手でドンと叩いた大きなデスクの上には、スポーツ紙が広げられている。そこには「犯行全面否認に刑事暴行」という大きな見出しの横に、ご丁寧に警察手帳を掲げて立つ三人の刑事の写真がでかでかと載っていた。

呼びつけられた伊丹が、小峰夕月の宿泊先のホテルでのフラッシュライトを思い出したとき、いきなり雷が落ちた。

「馬鹿者っ！」

「申し訳ありませんでした！」

隣の芹沢が最敬礼して謝罪する。一拍おいて雷が飛び火した。

「おまえたちがついていながら、なんてザマだ！」

「すみません！」

伊丹と三浦がそろって頭を下げる。

「殴るなとは言わん。だが、怪我までさせて足元すくわれるようじゃ話にならん。おまえたちは捜査からはずす。便所掃除でもしてろ！」

マンションから出たところで、薫は思わず足を止めた。右京が道路に立っていたからである。

「おはようございます」

「なにやってんですか、こんなとこで」

「きみを待ってました」

「は？　だったら上に来りゃいいじゃないですか」

「きみの都合もあるでしょうから、遠慮しました」

薫が啞然として変わり者の相棒を眺めていると、その変わり者の相棒が頼み事を持ち出してきた。

「実は、きみにしてもらいたいことがあります」

「今度はなんですか？　俺はなにを発見したらよろしいんですかね？」

あらん限りの嫌味を込めて、薫が言った。

「意外と根に持つタイプですねえ」

「持ちますよ！　さんざん振り回されてきたんですから。今回のことだけじゃありませんよ。言いましょうか？」

勢いがついた薫が、過去にこうむった被害を並べたてようとするのを、右京は軽くいなした。

「ま、それはまた日を改めてということで。戸籍謄本を請求してもらえますか」

「戸籍？」

「捜査目的です。小峰夕月さんのと、それから古谷先生のも」

「なんなんですか？　やぶからぼうに」

どうしてこの人はこうなのだろう。その推理の奇抜さと正確さをいつも目の当たりにしながら、薫は新たに感慨を覚えるのだった。

「空港です。空港に行きましょう」

唐突にそう告げられてハンドルを握らされ、半信半疑の思いで成田空港まで運転してきた薫の目の前に、被疑者の女優とマネージャーが姿を現わしたのである。

「参ったな、よくここが……」

薫の気持ちを代弁するかのように、サングラスをはずした松永が素直に驚きを口にした。

右京が謎解きを披露する。

「ホテルへうかがいましたら、あなた方はいらっしゃいませんでした。しかし、部屋はそのまま。フロントに尋ねると、今朝、向こうひと月分の宿泊代を前払いなさったとか。なぜ急にそんなことをなさるのか。しばらく留守にするおつもりではないかと思いました。あえてチェックアウトなさらなかったのは、こっそりどこかへお出かけになるため
……」

「休暇旅行ですよ」

権利を主張するような口ぶりで松永が言うと、右京がさらに続ける。

「ええ、ご旅行だと思いました。しかし、あなたの車はホテルの駐車場にありましたから、車の必要ない近場か、あるいは逆に車が邪魔になるような遠くか……。小峰さんは世間に顔が知られています。旅行だとしたら、国内ではなく、九分九厘、海外でしょうからねえ。それで成田空港だと思いついたのです」

「ひと月したら戻るわ。だから……」

女優が懇願する顔になった。この顔は芝居ではないだろう、と薫は思った。そして、ゆっくり首を振る。

「お気持ちはわかりますが」


右京と薫は被疑者たちを古谷の邸宅に連れてきた。

ただ単に疲れ切ったのか、それとも当惑の極みに達してしまったのか、あるいは……まるですべてを諦めきったかのようにも見える呆然とした表情の女優を前に、右京が自分の疑問をぶつけた。

「『紙切れ一枚で束縛されるような間柄にはなりたくなかった』そんなふうにおっしゃっていたあなたが、今度は突然、結婚宣言をなさった。長年夫婦同然に暮らし、世間にも夫であると認知されていた古谷先生とは結局結婚なさらなかったあなたが、どうして松永さんとは、いとも簡単に結婚なさるのか。その違いは一体なんなのか、非常に気になりましてね」

紙切れ一枚、認知……まるで方程式を解くかのように整然と並べられる右京の口から出た単語のいくつかが、麻痺してしまった夕月の神経を、ピクリ、と動かした。

「調べたのね?」

そのことに思い至って顔を上げた夕月に、

「ええ」

と短く、しかし決定的に右京が答えると、薫があとを続けた。

「我々はずっと、あなたの夫殺しを疑ってきました」

「そう、そうだったわねえ。あなたたち、なんて馬鹿な、愚かな警察だろうって、ずっと思ってた。だってわたし、ほんとうに殺してないのよ、夫なんか」

「ええ、殺していません」

普段ならば激昂してもいい侮蔑のことばを穏やかに受け流した薫が口にしたのは、激昂よりも激しい、侮蔑よりも惨めな事実だった。

「あなたが殺したのは夫ではなく、父親だったんですね。古谷彦六は内縁の夫なんかじゃない……実の父親だった」

すべてがばれていることを悟った夕月からは、もはや女優のオーラが消えていた。そしてそこには、生身の、ひとりの、かよわい女性が突如出現したように、薫の目には映った。

その女性は、あたかも身内に巣食う穢れを引きちぎりたいとでもいうように、吐き捨てた。

「獣よ、あいつは」

「ええ。でも、どうしてそんなことに？」

「……恋を、したの。初めて会ったその瞬間から、惹かれたの」

右京が戸籍によって知り得た情報を確認する。

「お母さまは、あなたがふたつのときに古谷先生と離婚されたようですね」

力なくうなずいた夕月は、一瞬、遠い昔を懐かしむような眼差しで語り始めた。

「父は死んだって聞かされてた。ずっと、そう信じてたわ。中学のときに母が死んで、わたしは祖母とふたりきりになった。そのときね、わたし将来女優になりたいって言ったら、祖母がものすごく怒ったの……おばあちゃんの言うこと、聞いてればよかった」

夕月の独白の語尾が少し震えた。右京の声にいたわるような調子がにじむ。

「そのおばあさまも、あなたが高校のときにお亡くなりになった」

「ええ。わたしは高校を卒業して、女優になるためのレッスンを受けはじめたわ。そこに古谷が講師として来ていたの」

「そして、恋に落ちた」

「父親だなんて、夢にも思わなかったもの。いま思えば、あのときあんなに強く惹かれた理由は、親子だったからなのに、わたしはそれを恋だと信じて疑わなかった」

夕月が感情を高ぶらせる。

「でもね、あいつは、最初から、わかっていたのよ、わたしが娘だって。わかってて、わたしの恋人になった！　そしてわたしを抱いたのよ！」

「あなたがその事実にお気づきになったのは、いつですか？」

「一緒に住みはじめて半年くらい経った頃だったかしら。古谷のアルバムをなにげなく見てたら、わたしの母が写ってたの。膝には赤ちゃんのわたしが乗ってたわ。あいつはね、母を忘れられなかったの。だから、わたしで母との結婚生活の続きをしたかったのよ」

あまりに痛ましい話に、薫は夕月の顔を直視できなかった。

「どうして、それに気づいたときに……」

「関係を断ち切らなかったのか、って言うの？　そうね、絶望していたからかしら。どうせもう獣以下だもの。汚れた心も体も元には戻らない。もう、どうでもよかったの」

薫はそれに応えるどんなことばも見つからないまま、声をかけることもできなかった。

「わたしは、あいつが求めるままに、妻を演じることにした。この邸が舞台。一生懸命演じたわ。だって、わたしは女優だもの。演じることは得意だもの」

夕月が松永にすがるような目を向けた。松永は夕月の肩をそっと抱いた。

「そんなあなたが古谷さんを殺そうとお思いになったのは、彼と恋に落ちたからですか？」

右京は寄り添うふたりを目を細めて眺めながら、そう言った。

「ええ、そうよ」

夕月が認めると、今度は松永の目を直視して、

「ぼくは思うのですが、殺そうと持ちかけたのはあなたのほうじゃありませんか？　心底愛した女性を蹂躪《じゅうりん》している男を、あなたは許せなかった。違いますか？」

と重ねて尋ねた。

松永は悪びれもしなかった。

「ええ、そうですよ。ぼくが提案しました。あいつが日々こしらえてるくだらない殺人トリックを使って、葬り去ってやろうと考えたんですよ」

右京のこめかみが、ピクと動いた。

「ドラマの殺人トリックなど、現実には通用しませんよ」

「わかってますよ。でも、それでもよかったんです。彼女が逃げたかったのは警察からじゃなくて、あいつからですから。目的はもう果たされているんですよ」

　夕月が愛おしげに松永の目をのぞき込む。

「この人が幕を下ろしてくれたの。古谷の妻の役はもう終わりだって。もう演じなくていいよって」

「しかし、ほかに方法はなかったんでしょうか。殺す以外に彼女を救う道はありませんでしたか？」

　右京の問いに、松永はきっぱりと答えた。

「なかったと思います。彼女が完全に解き放たれる道は、それしか」

　夕月が思い出したように言う。

「そうだ、刑事さん。古谷が書いていた原稿の中身、知りたがっていたでしょ？　結末は話すのも馬鹿馬鹿しいくらいのご都合主義で犯人が捕まるの。でもね、あの話、妻が夫を殺す話じゃなくて、夫が妻を殺す話だったのよ……まったく、失礼しちゃうわよねえ」

　右京は腑に落ちたような顔になり、

「なるほど。確かにメモには〝伴侶〟としか書いてありませんでしたね。妻殺しのストーリーでしたか」

「さ、行きましょうか」

薫が静かにうながすと、夕月が「ひとつお願いがあるの」と言って、バッグから紙切れを取り出した。白紙の婚姻届だった。そして松永に向かって、

「いずれ出したいと思ってたの。書いてくれるでしょ？」

松永は恋人の気持ちを快く受け止め、小さく微笑みながらうなずいた。夕月が今度は薫のほうを向いた。

「証人がふたり必要なのよ。わたしたち当分離れ離れでしょ。せめて捕まる前に一緒になっておきたい。つながっていたいの」

薫には、夕月の気持ちが痛いほどよく伝わってきた。そして同時にどこからか、「幸せにしてやる機会なんか、いくらでもあったろうに」という男の声が聞こえてきた。

複雑な思いを振り切って、「俺らでよければ」と言いつつ、右京を見やる。そこには何もかもを呑み込んでうなずく、相棒の顔があった。

「証人になりますよ」

八

「本日、午後八時二十三分、小峰夕月および松永慎二郎の両名が、麹町東署に自首してまいりました。そこで両名は古谷彦六氏殺害の犯行を認めましたので、殺人の容疑で逮捕いたしました」

麹町東署では記者会見が行なわれていた。会議室からあふれんばかりの取材陣の前に立ち、得意げに会見していたのは海音寺菊生であった。

記者会見終了後、薫は署長に呼ばれた。

「人事にかけ合ってきた。とっとと本部に戻れ」

「いや、ちょっと待ってください」

「おまえがいると迷惑なんだ」

「俺、なんかしました？」

「おまえじゃない。海音寺だ。おまえがいると海音寺がよからぬことを考えるから、本部に戻すことにした」

警察庁の応接室では小野田が木佐貫と話をしていた。

「私を、ですか？」

驚いて訊き返す主席監察官に、小野田が甘い飴を投げる。

「きみは将来、政界を目指してるんだろ？　だから朱雀との関係を築いてきた。いま官邸には加賀谷の代わりを送ってあるけど、それはワンポイントリリーフのようなもの。正式な後任の首相秘書官として、きみを送ろうってわけ。長官の了承は取ってある。悪い話じゃないと思うんだけど」

「で、条件は？」

「それは言わなくてもわかるでしょ？　あ、表向きはぼくのごり押しということで、きみは面子を保ってくれて構わないよ」


　右京が私物の詰まった段ボール箱を持って警視庁の廊下を歩いていると、後ろから同じように段ボールを抱えた薫が追いかけてきた。組織犯罪対策部のフロアの片隅にある住み慣れた小部屋に荷物を運んでいるふたりを、角田六郎が目ざとく見つけた。

「よ、お帰り、お帰り。正直言うと、いずれこうなると思っていたよ」

「そうですか」

「なにしろおまえたち、悪運が強いからな」

「悪運ねえ」

「これに懲りて、これからは少し大人しくしろ。俺の部下の大木と小松を見習ってだな……」

　しかし、角田の小言は特命係のふたりの耳には届いていなかった。

第三話

「第三の男」

一

特命係第三の男は、はつらつとした挨拶とともに入ってきた。

「おはようございます。陣川公平警部補です。本日付けで特命係に配属されました。よろしくお願いいたします！」

陣川は段ボール箱を手に持ったまま、窮屈そうにお辞儀をした。荷物は床に下ろしてしまえばいいのに。自分も初めて特命係に配属になったときはあんなふうに肩肘張った若造だったな、と亀山薫は思う。

陣川は三十そこその年齢だろうか、スリムな体形で、目鼻立ちははっきりしていた。皮膚の色が浅黒く、スポーティな印象を与える。見ようによっては、さわやかな好青年である。きびきびした所作からは、やる気というか、向上心というか、とにかくポジティブなものが伝わってくる。けれどもそのポジティブさは、どこかワンテンポはずれたような、やる気だけが空回りしているようなところがないではない。

杉下右京がいつものとおり感情を抑制した声で、「おはようございます」と応じ、続いて薫がなにかひと言励ましのことばでもかけようとしたところで、ハプニングが発生した。陣川が段ボールを床に落としてしまったのだ。ガムテープがはずれ、私物や備品が床に散らばった。悪いのは組織犯罪対策五課の課長、角田六郎《かくた》だった。角田が特命係の小部屋に入ってくるなり、背後から急に肩を叩いたりしたので、陣川は驚いて手を離してしまったのだ。

「すみません」

陣川が散らばった書類や筆記用具を慌てて拾いはじめ、角田もそれを手伝った。

「きみが有名な陣川くんか?」

角田が声をかけると、陣川の目が輝いた。

「自分は有名でしょうか?」

「有名だよ。有名だからここに来たんでしょ」角田はここで非難するような目を薫に向けて、「なにぼうっと見てんだよ。おまえも手伝えよ。おまえのほうが階級、下なんだからさ」

「そうなんですか?」

陣川が嬉しそうに言うと、角田は調子を合わせ、「そうそう、こいつまだ巡査部長だから。年は上なんだけどね」

「悪かったですね。だからなんだって言うんですか」

ふてくされた薫を角田が軽く叱責する。

「警察は階級社会だから、ケジメはつけないとな」

「わかりましたよ」薫は腰をかがめて床の書類を拾うと、それを陣川に手渡し、「亀山です。いい年して巡査部長ですみません。よろしくお願いします」

しばらくして、与えられた机に荷物を片付け終えた陣川は、最後に「陣川公平」と書かれた木片を、壁の名札かけにかけた。特命係創設以来初めて、ここに三つの名札が並んだことになる。感慨深げに自分の名札を眺める陣川に、薫がコーヒーを運んだ。

「よろしかったら、どうぞ」

「あ、恐縮です。いただきます」陣川はひと口啜ると、「なんかのんびりしてますね」

「ええ、おかげさまで」

「捜査中の事件はないんですか？」

「ありません。ここしばらく暇ですね」

「待機中ですか？　ここぞというときに特命が下るわけですね」

「は？」

「難事件が発生すると特命が下って、我々が乗り出すわけでしょう？」

自分のデスクで静かに読書をしていた右京が立ち上がり、陣川の隣に来た。

「きみはどういうふうに言われて、ここへ来たのですか？」

「特命係というところがある。おまえにぴったりな部署だから行けと、内村部長に言われて参りました」

陣川が胸を張って答える。

「ひょっとして、うちのことご存じないんですか？」

薫がいじわるく笑った。

陣川はその夜、特命係の実態を〈花の里〉で知った。仕事帰りに薫が、この右京の行きつけの小料理屋に陣川を誘い、特命係の内実を包み隠さず教えたのだった。陣川は話を聞けば聞くほど青ざめ、さほど強くない酒を飲みすぎ、しまいには「左遷かよ、島流しかよぉ」と呂律の危うい口調で嘆きながらカウンターに突っ伏してしまった。

酔いつぶれた新入りに目をやって、女将の宮部たまきが元夫に訊く。

「なにも知らないで特命係に来ちゃったの？」

右京は日本酒を自分のペースで楽しみながら、「そのようですねぇ」

「でも、捜査一課にいらした方なんでしょ？」

「一係ですから」

右京の答えに戸惑っているたまきに、かつては一課の刑事だった薫が解説した。

「捜査一課の一係っていうのは、課員の給料とか出張旅費とかを管理する部署なんです」

このことばが聞こえたのか、陣川は突然上体を起こした。

「自分はいわゆる経理マンです。簿記一級の資格も持っています！」

酔いの回った口ぶりで主張する陣川を、薫がたしなめる。

「だからね、経理マンのあなたが、なまじっか捜査に首を突っ込んだりするから、こういう目に遭うんですよ」

「ぼくはね、亀山さん、捜査がしたかったんですよ。捜査がしたくて、警察に……」

「その話はもう聞きました。その熱意はわかりますけど、誤認逮捕しちゃあね」

陣川は自分も警察の一員としてなんとか検挙率アップに貢献したいという思いで、暇さえあれば指名手配犯のポスターを眺めて、顔を記憶するように努力していた。その意気はよかったが、結果は伴わなかった。なんと二度も、無実の一般市民を指名手配中の凶悪犯と勘違いして緊急逮捕してしまったのだという。

薫の説明を聞いて、たまきが目を丸くした。

二

翌朝、いつものとおり薫がフライトジャケットにワークパンツというラフな恰好で出勤したとき、特命係の小部屋にいたのは、アイロンのかかったワイシャツにサスペンダーで吊ったスラックスという姿の右京だけだった。

「やっぱり来てませんか。昨夜かなり落ち込んでたから、立ち直れないかもしれませんね」

しかし、薫の読みは甘かった。陣川は思いのほか打たれ強い性格だったのである。打たれ強いというより、性懲りもないと言ったほうが適切かもしれない。そのことは「おはようございます！」という元気な挨拶に続いて彼が放ったひと言を聞くと、明らかだった。

「向かいの賃貸マンションに、指名手配中の宝石強盗によく似た女が最近、引っ越してきたんですよ」

興奮気味にそう言いながら、陣川はアベック宝石強盗の手配書を見せた。防犯カメラがとらえた女の不鮮明な写真が載っている。

「で？」

ことさら無関心に薫が応じると、陣川は不思議そうな顔になった。

「でって、捕まえましょう」

「こう言っちゃなんですけどね、あなた、それで二回も失敗してるんですよ」

「そっくりなんですって！」陣川が大きな目をさらに見開いて、手振りを交えて主張した。「間違いありません。三度目の正直です」

「二度あることは三度あるとも言いますよ」

ふたりのやりとりをじっと聞いていた右京が決断した。

「ありがとうございます！　頑張ります！」

陣川がガッツポーズで大げさに喜んだ。

「暇にしてるんですから、確認ぐらいしてみても、特に不都合はないと思いますよ」

抗議するような口調の薫をなだめるように、右京が言った。

「まじっすか？」

「確認だけでもしてみましょう」


陣川のマンションに足を踏み入れた薫は、感心すると同時に呆れた。部屋じゅうの壁一面に指名手配犯の写真が貼ってあったのだ。それは壮観ですらあった。

陣川は奥の部屋に右京と薫を案内すると、カーテンを少し開けて、目の前に見える瀟《しょう》洒《しゃ》な賃貸マンションを指差した。

「あのマンションです。三階の右から二番目の部屋。まだ帰宅していないようです」

「身許はわかっているんですか？」

右京が聞くと、陣川はすらすらと答えた。

「名前は千葉ハル子。専門学校生で、夜は居酒屋でバイトをしているようです」

まもなく向かいの部屋に明かりがついた。

「あ、帰ってきた」

興奮する陣川に、右京が冷静に指示を下す。

「この部屋の明かりを消してください」

「あっ、すみません」

電気が消えて暗くなった部屋から、三人は双眼鏡で向かいの部屋をのぞいた。明るく快活そうな女性が、自室で寛《くつろ》いでいる。

「似てますかね？」

ショートカットである点は共通しているが、薫には千葉ハル子が指名手配犯に似ているとは思えなかった。

「似てますよ」

信じきっている陣川の意見は無視して、右京に訊く。

「どうですか？」

「遠目ではなんとも言えません。もし彼女が手配の女性なら、仲間がいるはずですねえ」

「一緒に仲間も捕まえられれば、一網打尽ですね」

浮かれすぎの陣川に薫がうんざりしていると、右京が提案した。

「しばらくようすを見てみますか」

「やった、本格的に張り込みですね！」

「まじっすか！」

右京と薫は一旦警視庁に戻り、張り込み用のスコープや望遠レンズ付きのカメラなどの備品を調達してきた。陣川のマンションに戻ると、第三の男は双眼鏡でハル子の部屋をじっと監視していた。

「どんなようすですか？」

「ずっと電話で話してます。もう三十分以上。次の宝石強盗の相談でしょうか？」

「強盗の相談を電話で済ますとは思えませんねえ」

右京が冷静な意見を述べても、陣川は聞く耳を持たなかった。

「早く現われませんかね、強盗の片割れ……」

薫は三脚にスコープを据えつけながら、「こっちの都合で現われちゃくれませんよ」

「わかってますよ」

「どうわかってるんですか。こないだまで電卓叩いてた人に、張り込みのなにがどうわかるんですか？」

薫から突然の非難を受け、陣川が双眼鏡から目をはずした。薫は嫌味を込めて、「すみません。警部補殿に生意気言いました」

「いいえ、初体験でちょっとはしゃいでました。申し訳ない」

「陣川くん」右京が上司の立場で指導した。「張り込み中は目を離さないのが鉄則です」

結局その夜の張り込みでは怪しいことはなにも発見できなかった。

三

翌日、調べ物がある右京は警視庁に帰り、薫と陣川は千葉ハル子を尾行することになった。デザイン専門学校から出ていくハル子を車の中からまじまじと見つめていた陣川が、首を振る。

「違うかもしれませんね、彼女。手配書の女じゃない」

「まだわかりません。結論出すのはまだ早いですよ」

「いや、違います。悪いことをする娘には見えません」

「そういう問題じゃないでしょう」

薫が呆れて肩をすくめていると、携帯電話の着信音が鳴った。右京からだった。

──彼女の指紋は入手できそうですか？

「学校では無理そうです」

──わかりました。では、バイト先でお願いします。

薫が電話に出ている間に、動きがあったようだった。二十代半ばと思われる若い男が運転する高級車が歩道脇に停まり、ハル子が助手席に乗り込んだのだ。とっさのことで、車のナンバーを確認できなかったのが悔やまれた。慌ててあとを追ったものの、間にはさまった車に邪魔されて、見失ってしまったのである。陣川と一緒だとなんだかペースがつかめない。薫はそう感じはじめていた。

二時間後、薫と陣川はハル子のバイト先の居酒屋にいた。なんとか指紋を入手したかったのである。

ハル子は明るい笑顔を振りまきながら、かいがいしく働いていた。陣川の言うとおり、悪い娘には思えなかった。

しかし、予断は禁物である。ハル子が近くを通りかかるのを見計らって、薫は猫が写った写真をさりげなく落とした。奥のテーブルに料理を運んで戻る途中のハル子が写真を見つけて、拾う。

「落ちましたよ」

屈託のない笑顔を浮かべ、ハル子が写真を薫に手渡す。これで無事に指紋を採取することができた。

「ありがとう」

ぶっきらぼうに答える薫に、ハル子が質問してきた。

「かわいい猫ちゃんですね。名前、なんていうんですか?」

思いがけない事態に薫がたじたじとしていると、陣川が助け船を出す。

「ハルっていうんですよ」

「え、わたしと一緒! わたし、ハル子なんです」

「へえ、奇遇ですね」

陣川がわざとらしく取り繕うのを疑いもせず、ハル子は瞳を輝かせた。

「いつもハルちゃんの写真、持ち歩いているんですか?」

「あ、いや……迷子になっちゃって」

薫は陣川の暴走を止めたかったが、ハル子のほうがすっかり興味を持ってしまっていた。

「宏美、由里、ねえ、この猫、見かけなかった?」

さっそく同世代のバイト仲間の女性ふたりを呼び寄せて、猫のことを訊いている。この自然な対応を見る限り、千葉ハル子はまじめで明るい女の子であった。とても犯罪者には思えない。

「すみません。誰も見かけていないみたいです。でも、見かけたら連絡しましょうか?」

さすがに陣川もまずいと気づき、断わることにしたようだ。

「いや、そこまでしてもらうと悪いし。ありがとう」

ハル子たちが立ち去るのを見届けて、薫が小声で苦言を呈した。

「印象に残るような会話、しないでください」

陣川も負けていなかった。特命係の先輩に向かって言い返す。

「無視すれば余計不自然じゃないですか。それより写真、早くしまったほうがいいですよ」

薫は舌打ちしながら、写真を封筒に入れた。

しかし、陣川の暴走はそれだけにとどまらなかった。

会計をするためにレジに向かったところ、たまたまハル子が酔客にからまれている場面に出くわしたのだ。アチャー、と内心叫んだ薫の予感は的中した。陣川は身を挺《てい》して酔客をなだめにかかり、それが妙な具合に成功して結果としてはハル子を大いに助けたことになった。

ハル子が陣川を見つめる眼差しは熱を帯びていた。そしてその眼差しは同時に、この先が思いやられる暗澹《あんたん》たる気分に薫を陥れた。

居酒屋の外に停められた車の運転席では、右京がふたりの出てくるのを待っていた。薫は助手席に乗り込むなり、愚痴をぶちまけた。

「やってられませんよ、もうっ」

後部座席に座った新入りの警部補が先輩の巡査部長に文句を言う。

「だったら、あのまま放っておけとでも？」

「俺たちは捜査をしてるんです！　素人と一緒じゃ満足な捜査なんてできませんよ！」

右京はふたりの言い争いに口出ししなかった。

「それよりも、指紋は採れましたか？」

「もちろんですよ」

薫が封筒を上司に渡す。いまだに気持ちが治まっていない陣川が突然、車のドアを開けた。

「自分は降ります。お騒がせして、すみませんでした！」

しかし、その首根っこを薫ががっしりとつかんだ。

「あんた、言い出しっぺでしょうが。絶対に降ろさないから」

三人が無言のまま車の中で待っていると、バイトが終わったハル子が店から出てきた。

薫と陣川が尾行を開始する。帰宅途中、ハル子は深夜営業のスーパーに入り、買い物をはじめた。ふたりも買い物客を装ってスーパーに入る。

しかし、ここでもまた陣川が失態を演じた。尾行中に通路でハル子とばったり出会ってしまったのである。間が悪いことこの上ない。

「先ほどはありがとうございました。お陰で助かりました」

ハル子がえくぼを見せて頭を下げると、陣川は照れて頭を掻いた。

「あ、いえ……」

「この近くにお住まいなんですか？」

「ええ、まあ。きみもこの辺なんだ」

「はい」ハル子は居酒屋のサービス券を渡しながら、「今度また店に来てください」

「ありがとう」

「ハルちゃん、見つかるといいですね。失礼します」

デザイナーの卵の後ろ姿を、陣川はぼおっと見送った。薫が近づき、陣川を正気に戻す。

「最悪ですね。先にマンションに帰っててもらえます？　買い出ししてから帰りますから」

と吐き捨てるように言って陣川を送り出した。

陣川のマンションでは、右京が既にスコープでハル子の部屋を見張っていた。まだ帰宅していないようで、部屋の明かりはついていない。陣川が自分の不始末を謝る。

「すみません。スーパーで偶然、捜査対象と接触してしまいました」

右京は深く追及せずに、「それよりも、これを見てください」とスコープを譲る。暗いハル子の部屋の中に、なにやら動く影がある。目を凝らすと、どうやら男のようだった。

「車で彼女を迎えに来た男性ですか？」

「いいえ、違うようです。強盗の仲間でしょうか？」

「さあ。一応写真を押さえておきましょう」

右京に促され、陣川が望遠レンズを装着した一眼レフでハル子の部屋の中の男を狙った。しかし、暗くてほとんど証拠写真にもならない。そうこうするうちに男が部屋から出て行きそうになった。

「陣川くん！」

「あ、はい！」

特命係で一番若い刑事が男を追いかけたが、男に追いつくことはできなかった。

その夜、ハル子の部屋には女友だちがふたり遊びに来た。どうやら薫と陣川が居酒屋で会ったバイト仲間のようだ。宏美と由里、という名前だったか。三人は同世代の女性の気安さからか、おしゃべりに花を咲かせていた。

陣川の部屋では、薫と右京が夜食を食べていた。右京はティーバッグで淹れた紅茶を前にして、サンドイッチを食べている薫に言った。

「千葉さんに前科はありませんでした」

「となると、やっぱり警部補殿の勘違いですかね？」

薫が聞こえよがしに言うと、そばでスコープをのぞいていた陣川が反応した。

「だから、そう言ったじゃないですか」

「あなたは別の理由でそう言ってるんでしょ？　こっちは指紋照合の結果から判断してるんです」

陣川が聞き捨てならぬという表情で薫を睨む。

「別の理由って？」

「あなたはどうやら千葉さんにお熱のようだから……」

右京がふたりをたしなめる。

「陣川くん、目を離さないように。亀山くんもいちいち突っかからないように」

どんなときであっても、この上司の公平さは不変である。

「それにしても、彼女の部屋に勝手に入ってきたあの男は何者なんでしょうね？」

陣川はそれが気になって仕方ないようだった。すぐに薫が茶化す。

「鍵を持っていたんでしょ。そりゃあ、彼氏に決まってる」

「どうでしょうか」右京が異を唱えた。「彼氏ならば、部屋の明かりをつけそうなものです」

「そうですよね」陣川は納得したように、「自分は杉下さんに一票」と人差し指をピンと立てて、嬉しそうに言った。

女性同士のホームパーティは遅くまで続き、深夜に宏美と由里は連れ立って帰っていった。

四

翌朝、右京が監視をしていると、ハル子がマンションから出てきた。ゴミ置き場に家庭ゴミを捨てると、そのまま歩き去っていく。専門学校に向かうのだろうか。しばらくその後ろ姿を追っていると、怪しい男が現われ、いましがたハル子が捨てたゴミを物色しはじめたではないか。右京は急いでふたりを起こし、男を捕まえにかかる。

特命係の刑事たちが向かいのマンションから駆け出してくるのに気づいた男は血相を変えて逃げはじめたが、三方向から挟み撃ちにされて、あえなく取り囲まれてしまう。

「わかった。追いかけっこはやめようや」

男が開き直ったところで、右京が話しかける。

「どこかで話を聞かせてもらいましょうか」

男は周囲を見回すと、顔をしかめて小声で言った。

「あの女の部屋で大麻パーティが行われているとの通報があったんだ。それでずっと張り込んでいたのさ」

「大麻パーティ……まさか！」

陣川は驚きを口にし、右京と薫は顔を見合わせた。

「ああ。その証拠収集のためにあのゴミが必要だったんだ。それなのに……」

「じゃあ、あんたは？」

「厚生省の麻薬取締官だ。まったく、極秘で進めていた捜査を、あんたら台無しにしてくれたな。どこの所属だ？」

「我々は警視庁の特命係です」

「特命係？　聞いたことねえな」男が高飛車な態度になる。「この件では、厳重に警視庁に抗議するからな」

凄んだ男を見遣る右京のメガネのフレームが、心なしかキラリと光った。

「厚生省とおっしゃいましたか？」

右京が男に確認を取る。

「ああ」

「現在は厚生労働省と名称が変更されていますよ」

「が、合併前からの職員なんだよ」

男のようすが目に見えて変化した。高圧的な態度が消え、視線がさまよいはじめている。

「なるほど。じゃあ、なぜ逃げたんですか?」

「じゃあな」

まともに答えようとせず一刻も早く立ち去ろうとする男を、薫がひっ捕まえた。問い詰めたところ、男は尾田ヒロムという名のストーカーだとわかった。夜間、ハル子の部屋に忍び込んだのも尾田だった。父親がマンションのオーナーだったため、合鍵を持っていたという。合鍵を使って女性の部屋に侵入しては、下着を盗んだり、盗聴器を仕掛けたりしていた、とんだ食わせ者であった。

尾田の部屋に行き、盗品を調べると、大量の女物の下着や丹念に記されたストーカー日記のほかに、血のついた男物の財布が出てきた。

「なんなんだよ、これは!」

薫が胸倉をつかんで怒鳴ると、尾田は震え上がって白状する。

「以前《まえ》にあの千葉って女のゴミ袋をあさってたら、中からそれが出てきて……お金とカードは抜き取られていました」

念のためハル子が今朝出したゴミを調べることになった。するとあろうことか、血痕がついた女物のTシャツと、男物の財布が出てきたのである。事件がいきなりきな臭くなってきた。

尾田を警視庁に連行した薫は、右京の要請を受けて、帰りに別の人物を連れてきた。鑑識課の米沢守である。

陣川のマンションにやってきた米沢は、にこにこしながら右京に差し入れを渡した。

「浅草名物激辛煎餅、眠いときには一発で目が覚めます」

米沢らしいチョイスである。

「お気遣いどうも」

「なるほど、これですか」米沢が興味津々に窓際に設置されたスコープをのぞく。「あの部屋がばっちりのぞけますね」

「でしょ」

陣川が自慢げに相槌を打つと、米沢が意外なことを言った。

「ちなみに皆さんは、例のアベック宝石強盗を追ってらっしゃるんですよね？　しかし昨夜、ふたりとも逮捕されましたよ」

「え、ホントですか？」と、薫。

「やはりご存じありませんでしたか」

「手配写真の女も？」と、陣川。

「はい、無事に確保されました。浅草名物激辛煎餅、無駄でしたかね？」

「そんなことはありません」と、右京。「新たな疑惑が浮上したんですよ。対象の女性のゴミから、今朝こんなものが発見されましてね」

右京がTシャツと財布を指し示すと、米沢はそれをためつすがめつ眺めた。

「血ですか」

「それを至急鑑定していただきたくて、お呼びしたんです」

「なるほど、そういうことでしたか。今朝、都内のラブホテルで中年男性が刺殺体で発見されましたが、その関係ですかね……」

米沢がもたらした新しい情報は右京の記憶を刺激した。

「先週にも同じような事件がありましたね。やはりラブホテルで、男が出会い系サイトで知り合った女に殺害された事件」

薫も思い出した。

「スタンガンで男を気絶させて、金を奪って刺殺するってやつですよね」

「ええ」米沢がうなずく。「向かいの女がかかわっている可能性が……瓢箪から駒とはこのことですね」

陣川が浅黒い顔を歪めた。

「まだそうと決まったわけじゃありません」

「もちろん。捜査に予断は禁物ですからね。とにかく、鑑定のほうをお願いできますか？」

右京が頼むと、米沢はにっこり微笑んだ。

米沢が帰ると、薫は右京のところへ相談に行った。右京は、リビングで尾田のストーカー日記をチェックしていた。

「どうやらストーカー氏が前に血のついた財布を見つけた前の夜にも、ハル子さんのところには女友だちが遊びに来ていたみたいですよ」

いきなりそんな細部の情報を教えてくれる。

「そうですか」薫は受け流し、「美人局《つつもたせ》って可能性はありませんかね？　昨日迎えに来た若い男もグル。千葉ハル子が獲物をひっかけて、途中であの男が乱入。一緒に金を奪って殺す。どうですか？」

「美人局なら、なにも相手を殺す必要はありませんよ」

右京が否定的な見解を述べると、薫が次の仮説を口にした。

「ならば計画的な殺人とか。殺されたふたりの男にはなにか接点があった。千葉ハル子は出会い系がらみに見せかけて、ふたりを殺害した」

「ま、あり得なくはないと思いますが……さっさと本題に入ってもらえませんかね。根捌のない思いつきの推理をしゃべりに来たわけではないでしょう?」図星であった。薫は右京の耳元に口を寄せ、「陣川さんですけど、千葉ハル子に惚れてますよ」

「そのようですね」

「マズイでしょう」

「好ましい状況ではありませんね」

「いっそ、この捜査からはずしたほうがよくありませんか? あ、別に陣川さんが気に入らないとか、そういうんじゃありませんよ……」

「ええ。では陣川さんを呼んできてください」

しかし、薫は陣川を連れてくることができなかった。いつの間にか見張りを放り出して、外出していたのである。

「すぐに所在を確認してください」

右京に命じられて薫は携帯電話に連絡したが、呼び出しの途中で一方的に切られてしまった。

「きみは千葉さんに張り付いてください」右京が指示を出す。「ぼちぼち授業が終わるはずです」

「わかりました。右京さんは?」

「ぼくは急いで調べたいことがあります」

そう言って、右京は床に広げたハル子のゴミを集めはじめた。


その頃陣川は、単身でハル子のバイト先に乗り込んでいた。まだ開店前だったが、バイト仲間の宏美と由里はすでにシフトに入って準備を行なっている最中だった。陣川は自分の身分を明かすと、ふたりに質問した。

「昨夜の千葉ハル子さんの行動をお聞かせください」

「どういうことなんですか？」

池田宏美という名のややぽっちゃりしたほうの女性が、疑り深そうな目を向ける。すると、松浦由里と名乗ったスリムなほうが同調した。

「ちゃんと言ってもらわないと、わたしたちだって話せません」

「殺人事件について調べています」

「殺人事件って……まさか、ハル子が？」

宏美が口に手を当てた。

「疑いがかかってるんです。それで昨夜のハル子さんの行動を知りたいんです。昨夜はずっと一緒でしたか？」

「バイトがはねて、ハル子の部屋に集合してからは一緒にいましたけど……」

と由里が厳しい表情で答えながら、宏美のほうを振り返る。

「あ、でも、珍しくバイトに遅れてきたよね」

「うん」

「どのくらい？」

「一時間くらい……かな」

「そう」陣川はその証言をメモすると、「彼女のことでなにか不審に思ったり、気づいたことはないですか？」

宏美は由里と視線を交わすと、おずおずと語った。

「そういえば、簞笥《たんす》の引き出しを開けようとしたとき、ものすごい剣幕で止められたことがあります。なにか隠してるみたいで……」

「簞笥ですか……」

陣川が苦い顔でそれもメモしていると、由里が言った。

「調べます？」

「え？」

「わたし、彼女から部屋の鍵預かってますけど……」

陣川はやや迷ったのちに決断した。

「鍵、お借りできますか」

　陣川はその足でハル子のマンションに向かい、預かった鍵を使って部屋に侵入した。若い女性のひとり暮らしの空間に忍び込んだ後ろめたさを覚えながら、抜き足差し足で奥に進む。窓の向こうに自分の部屋が見える。そっと簞笥の引き出しを開けると、中からスタンガンが出てきた、
　絶望的な気分でそのスタンガンを押収しようとしたとき、突然、後頭部に重い衝撃を感じた。陣川はそのまま意識を失った。

　薫はデザイン専門学校からずっとハル子を尾行していた。今日は寄り道もせず、バイト先の居酒屋に入っていく。

　薫が物陰に隠れて煙草を吸っていると、視界の端を人影がよぎった。嫌な予感がして振り向くと、そこに立ち止まって怪訝な顔をしているのは、奥寺美和子だった。なんと間の悪いことだろう。

「薫ちゃん、こんなところでなにしてるの？」

「仕事中だ。向こうへ行け」

「嘘でしょ。わたしの家を見に来たんでしょ」

「は？　おまえんち、この辺だっけ？」

「寄ってく？　ちょうどいま彼いないし」

「おまえ、馬鹿か。俺はだな、いま仕事中で……」

このとき右京から電話が入った。

――大至急、ハル子さんの部屋に向かってください。

「わかりました。右京さんはどこですか？」

――鑑識です。米沢さんに調べ物をしてもらってました。それより、急いで。ぼくもいまから行きます。現地で合流しましょう！

「了解！」

電話を切った薫が「ほらな」と話しかけたとき、かつての恋人はすでに立ち去ったあとだった。どことなく拍子抜けな気分のまま、薫はダッシュした。

五

薫がハル子のマンションに着くと、ちょうど右京も到着したところだった。デザイナーの卵の部屋に向かいながら、薫が問う。

「どういうことですか？　ハル子はいまバイト先の居酒屋ですよ」

右京はそれに答えず、目的の部屋のチャイムを押した。

――はい。

インターホンから若い女性の声が返ってくる。ドアが開き、混乱する薫の前に出てきたのは、ハル子のバイト仲間の池田宏美だった。部屋の中には松浦由里の姿もある。

「千葉ハル子さんはいらっしゃいますか？」

「いえ、まだですけど。なにか？」

「ちょっとお邪魔しますよ」

右京が半ば強引に部屋に入るのを見て、首を傾げながら薫も続く。

「待ってください。留守中に勝手なことをされたら困ります」

「いえ、彼女がいないほうが逆に好都合ですから」

勝手に部屋を調べようとする右京の前に、由里が立ちはだかった。

「ハル子がなにかしたんですか？」

「出会い系サイト連続殺人事件。ご存じでしょ？　その参考人なんですよ」

薫が答えると、ふたりは唖然とした顔になる。右京の発言はさらに決定的だった。

「彼女の捨てたゴミの中から殺人の物的証拠が出てきました。また、殺害現場の遺留指紋とゴミ袋から検出された指紋を照合したところ、一致しました。ところが、まだ肝心の凶器が発見されていません」

宏美と由里が顔を見合わせた。

「なにかご存じではありませんか？」

右京に促され、由里が決心したようにうなずくと、

「台所のシンク下に、布に巻いた変なものが……」

薫はただちに行動した。シンク下の収納スペースを検《あらた》めると、奥のほうに布に巻かれた細長いものがしまってある。引っ張り出して布をほどくと、血痕の付着したナイフが出てきたのである。

「凶器に間違いないようです。これで決まりですね」

「ええ」右京はうなずくと、「あとは共犯者ですね」

「共犯者？」

「はい。共犯者をかくまっている可能性があります」

そう言いながら、グイグイと奥に踏み入っていく右京の背中に、

「ちょっと待ってください！」

という悲鳴のようなふたりの女性の声が投げかけられた。

右京はその声を振り切るように進むと、日本間の押入れを開けた。すると、中から猿《さる》轡《ぐつわ》をかまされて縄をかけられた陣川が転がり出てきた。すぐに薫がほどいて自由にしてやる。

「面目ない……」

「誰にやられました？」

「わかりません。背後からいきなり襲われて。でも、女です。香水の香りがしました」

宏美が目を見開いて、「ハル子だわ」と叫ぶ。

それを聞いた右京がすかさず、「それは無理です」と言った。

「千葉ハル子さんはずっと亀山くんが尾行してました」

そうして背筋を伸ばし、一呼吸置いてまっすぐにふたりを見つめた。

「犯人はあなた方ですね。あなた方がここへ遊びにきた翌日に限って、ゴミの中から殺人の物証が発見されています」

「偶然だわ」と宏美が吐き捨てるように言った。

「いいえ、偶然ではありません。あなた方が殺人の物証を、友人のゴミに混ぜて処分していたんです」

「馬鹿馬鹿しい」

言い逃れようとする由里に、薫が訊く。

「じゃあ、血のついたTシャツはどう説明するんだ？　あんた昨日居酒屋でのバイト中に同じTシャツを着てたよね。バイトがはねたあとホテルで殺人を犯し、ハル子さんと合流してから証拠品をこっそり処分した」

「同じようなTシャツならいくらでもあるわ。勝手な妄想で、あたしたちを犯人にする気？」

往生際の悪い由里に、宏美が加勢した。

「人権侵害で訴えるわよ！」

右京がだしぬけに一喝する。

「いい加減にしなさい！　あなた方のような人間に、人権侵害などと言う資格はありません！」

大声で怒鳴られて震え上がったふたりに、薫が止めを刺した。

「きみたちの指紋と照合すれば一発だ。そのくらい、わかるだろう。ハル子さんになにか恨みでもあったのか？」

すると宏美が開き直ったように態度を変えて、「別に」とせせら笑った。

「ハル子がいい子ぶってるのが気に食わなかっただけ」

「そんな理由で、彼女を殺人犯に仕立て上げようとしたのか！」

声を荒らげた陣川に、由里がつまらなそうに言った。

「遊びよ、遊び」

「遊びだと！」

こぶしを固めた陣川を、薫が必死に止めた。

六

特命係の三人は、千葉ハル子を公園に呼んで、事情を説明した。友達と信じていた宏美と由里が共謀して殺人を犯し、しかも、それを自分のせいにしようとしていたと知り、ハル子はショックに打ちひしがれていた。陣川が慰めのことばをかける。

「こんなことになってショックだと思いますけど、気をしっかり持ってください。自分で力になれることがあれば、なんでもやりますから」

あらん限りの優しさを込めたつもりの陣川に向けて、しかしハル子の怒りは鋭く、また切なさを帯びて迫った。

「わたしのこと疑ってたんですか？　殺人犯だと思って見張ってたんですか？　ひどいわ！」

言い返すことができなくなった陣川を、薫がフォローした。

「そうじゃありませんよ。陣川さんはあのふたりを怪しいと思い、あなたに危害が及ばないよう、見守っていたんです」

薫のことばに一転、ハル子の顔がぱっと晴れた。

「そうなんですか……ごめんなさい、ひどいこと言って」

「いえ……」

陣川が照れて顔を伏せたとき、「ハル子！」と呼ぶ声が聞こえてきた。顔を上げて声の主を確かめると、高級そうな車に乗ってデザイン専門学校まで迎えにきた、例の若い男である。

「浩太さん！」

ハル子の声が弾む。

「あちらの方は？」

右京が尋ねると、ハル子はうれしそうに報告した。

「フィアンセです」

ふたりが去ったあと、陣川は肩を落としていた。その姿を見ながら右京が言う。

「彼女を学校まで迎えにきたのは、結婚式の相談をするため。わかってみれば単純なことでした」

「で、どうでした？」からかうように薫が陣川に訊く。「念願の刑事の仕事は？」

陣川は両手のこぶしを握り締めると、失恋の痛みを吹き飛ばすように言った。

「これからバリバリやりますよ。よろしくお願いします」

だが、陣川の決意は実らなかった。この直後、捜査一課の一係で結婚退職者が出たため、陣川公平は元の所属に呼び戻されてしまったのだ。

「なんだかんだで、彼は経理マンが似合ってますよ」

特命係の小部屋にかかった名札は再び二枚に戻っていた。薫がそれに目をやりながらしみじみ言うと、右京が紅茶を淹れたポットの香りを楽しみながら、「そうでしょうかね」と返した。

　ふたりの姿を見つけた角田が油を売りにやってきた。いつもの特命係の一日がはじまろうとしていた。

第四話

「誘拐協奏曲」

一

株式会社〈ネクストライフ〉はネット通販の会社として近年頭角を現わしてきた存在であった。イメージキャラクターをうまく活用した商品展開で、業績を伸ばしているらしい。そのキャラクターが無断で盗用されているという連絡を受け、特命係の杉下右京と亀山薫は同社を訪れていた。なんでも屋の特命係にはこういう事件も回ってくるのだ。

遺影にしては並はずれて大きい、創業社長と思われる頑固そうな面構えの人物の写真が掲げられた部屋に通された。薫はその写真の人物に釘付けになった。異様な程に大きな顔、太く濃い眉と鋭い眼光を放つ目、巨大な鼻の下で引き結ばれている意志の固そうな口元。インパクトのある人相であった。

しばらくすると現社長の今井進一が現われ、コンピュータを操作しながら説明した。顔立ちこそ先代社長に比べるとおとなしかったが、五十代半ばくらいのヴァイタリティあふれる人物である。

社長室には今井のほかにふたりの男性が同席していた。今井よりも年上で頭が薄く疲れたような表情をしている男が専務の本間実、まだ若く髪を長く伸ばした神経質そうな男が常務の井勢谷《いせや》隆と紹介される。

特命係のふたりが今井のコンピュータをのぞき込むと、ホームページを閲覧するためのブラウザソフトが起動していた。今井は「お気に入り」のメニューにマウスを合わせた。たくさんの通販サイトに交じって、「あずみの森反対運動」「あずみの森イベント予定」というサイトが登録されているのが目を引いた。今井はそこに並んだ通販サイトの一覧の中から、ひとつのサイトを選択した。

「これなんですが」

今井が違法性を訴える商品がディスプレイに表示された。なるほど〈ネクストライフ〉のキャラクターにそっくりである。

「あ、これですね」

薫が指差すと、今井が鷹揚にうなずいた。

「どう見てもうちのキャラクターでしょう? 当然ながら販売の許可などしていません」

「著作権法違反の疑いがありますね」

右京が指摘し、薫が具体的な手続きを説明する。

「被害届か訴状を出してもらえれば、警察がこのホームページの運用者やこの商品の販売者などを調べて……」

薫の説明は、ノックとともに入ってきた秘書室長の野呂の要領を得ないひと言によって遮られた。

「ご来客中すみません。お電話が入っています。社長を誘拐したと……」

「社長を誘拐？」今井の声のトーンが上がる。「なにを言ってるんだ。私はここにいるじゃないか」

「いたずらなら、我々が対応しますよ」

右京が申し出ると、今井が不審な顔をして野呂に訊いた。

「何番だ？」

「外線一番です」

今井が電話機の外線ボタンを押すのと同時に、右京がスピーカーボタンを押した。いきなりボイスチェンジャーを通したようなくぐもった声が聞こえてきた。

――おたくの社長を誘拐した。

「私が社長の今井ですが？」

――誘拐したのは前田勇一郎社長だ。

本間と井勢谷が凍りついて今井の背後にかかった写真に視線をやったので、前田というのは創業社長の名前だということが薫にもわかった。

――警察には連絡するな。そのビルを見張っている。

それを聞いた右京と薫はすかさず窓の脇の死角に移動する。薫が手を伸ばしてカーテンを閉めようとすると、すぐに電話の声の主が反応した。

――閉めるな。今後ビルに誰か入れば警察とみなし、人質の命はない。

薫が機転を利かせ、部屋の隅に置かれたホワイトボードに「要求は?」と大きく書く。

それを確認した今井が電話口で訊く。

「要求はなんだ?」

――身代金は五億円。

「五億だって?」

今井の声が裏返る。あまりの法外な要求に一同が絶句していると、脅迫電話は「また連絡する」と言い残して、一方的に切られてしまった。

井勢谷常務が呆然として社長室から出て行く。本間専務がその後ろ姿を目で追いながら、「前田社長、まだ生きてたってことですか?」と今井に尋ねた。

今井が力なく首を左右に振るのを見た右京が、本間に確認する。

「あの写真の方ですね?」

「ええ、先代の社長です」

「『生きてた』というのは?」

「先代は、七年前に失踪しているんです」

この答えはさすがの右京も予想外だったようで、しばしことばを失った。

　今井が事情を説明した。創業者の先代社長、前田勇一郎はある日置き手紙のひとつも残さずに忽然《こつぜん》と姿を消したのだという。失踪後、妻の前田房江が捜索願を出したが、行方はわからず、七年が経過したという。

　右京はこの話に興味を持ったようだった。

「七年前なら、今年、失踪宣告が出せるはずですね」

「失踪宣告?」

　秘書室長の野呂がとまどった顔になるのを見て、右京が説明する。

「人の生死が七年間不明なとき、妻などの利害関係人が家庭裁判所に〝失踪宣告〟を請求すると、裁判所の掲示板や官報に『この者の生死を知る者は届け出よ』と〝公示〟されます。そして、そのまま半年が過ぎた場合、〝失踪宣告〟が〝公告〟されます。すると、法的に死亡したことになるんです」

　本間がうなだれて、ため息をついた。

「それが今日でした」

「今日?」薫が驚く。「今日、死亡が確定したの?」

「はい。先ほど奥様が伝えにいらっしゃって」

「今日死んだはずの人が誘拐されたってことか」

「そんなのいたずらに決まってる」

今井が憤然と言い放ったので、右京が理由を尋ねた。

「なぜ、そう思うのですか？」

「なぜって、電話では前田さんのことを社長だと言っていた。つまり、社長が私に代わってるのも知らないってことでしょう」

このとき井勢谷がひとりの女性を伴って社長室に戻ってきた。

「先代の奥様がまだ社内にいらっしゃったので、お連れしました」

前田勇一郎の妻、房江は取り乱していた。若い頃はさぞかし美人だっただろうと想像できる派手な顔は化粧っ気がなく、憔悴のためか目の周りに隈ができ、髪も乱れていた。

房江が今井に詰め寄る。

「主人、生きていたんですって？」

答えたのは現社長ではなく、薫だった。

「ご主人の名を騙《かた》ったいたずらかもしれません」

「あなた方は？」

あからさまに疑わしげな視線を浴びせられ、特命係のふたりは警察手帳を呈示して、名乗った。

「警視庁特命係の杉下です」「亀山です」

房江は井勢谷の胸倉をつかみ、

「警察に連絡したのね。馬鹿」

　薫が苦笑しながら誤解を解く。

「あ、俺たち、たまたま別件でお邪魔してただけですから」

「犯人にはばれていないはずです」

　井勢谷が言い訳するのにかぶせるようにして、本間が報告した。

「でも、警察が会社に入ったら先代を殺すと……」

「なんですって？」

「入らなくともできることはありますから」

　薫がなだめるように言いながら取り出した携帯電話を、房江が見とがめた。

「ちょっと、なにするんですか！」

「誘拐専門の特殊班に連絡を……」

　房江は薫の携帯に飛びつき、通報を妨害した。

「やめてください！」

「騒ぐことはない」見かねた今井が口を出す。「どうせいたずらだ」

「いたずらだとしても、こういう場合……」

　薫が説明しようとしたところ、たちまち房江に遮られた。

「いたずらじゃないかもしれないんでしょ？」

「だからこそ誘拐事件のプロを……」

説得しようとしても、房江は聞く耳を持たなかった。激しい口調で要求する。

「主人の命を第一に考えてください！」

「わかりました。通報はいたずらかどうか判明してからにしましょう」右京は物分かりよくうなずくと、指示を出す。「こちらのビルに人を入れない手配をお願いします」

「わかりました」

野呂が部屋から飛び出していくのを待って、右京が房江に向き直った。

「では奥さん、ご主人の失踪当時の状況を詳しくお聞かせ願えますか？」

前田房江および事情を知る今井、井勢谷の話を総合すると、先代社長前田勇一郎の失踪の状況は次のような具合だった。

七年前の六月一日、勇一郎は今井、井勢谷を伴って、新しい配送センターの建設候補地に下見に出かけた。ところがその途中、勇一郎は用事があると言い、ひとりで先に帰ってしまったという。妻の房江とレストランで食事をともにする約束があったのだ。ところが房江が待つレストランに勇一郎が姿を現わすことはなかった。結局、翌朝になっても勇一郎の消息は知れず、房江は捜索願を出す決心をした。

そのまま七年の月日が流れ、房江は最後の頼みとして失踪宣告を請求した。しかしそれでも前田勇一郎に関する有力な情報が集まることはなく、ついに本日、半年が過ぎて失踪宣告が公告されたのだった。

「これが、七年前の創立記念パーティの写真です。主人が失踪する直前に撮影しました」

房江が一枚の写真を指し示した。迫力ある顔の先代社長を中心に、まだ若い会社のスタッフたちが笑顔で写っている。房江がしみじみと述懐する。

「もともとこの会社は主人の個人商店からはじまったんです」

「七年前のこちらの業績は？」

右京が訊くと、古株の番頭のようなたたずまいの本間が答えた。

「とても順調でした」

「なるほど。それで新しい配送センターが必要になったのですね？」

「ええ。社長の失踪で建設計画の変更はありましたが」

「失踪の原因が会社にあるなんてことは？」

「ありえませんね」

薫の質問は今井によって即座に否定された。本間が補足する。

「七年前はすべて社長のひと言で動いていたほどですから……社長が会社に不満を持っていたはずがありません」

「そんな社長が突然いなくなったら、会社は大変でしたねえ」

右京がねぎらうように言うと、今井は大きくひとつうなずいた。そして、当時常務だった今井が新しい社長に就任し、経理課長だった井勢谷が常務に昇格することで、会社を支えたという説明を加えた。

七年前の写真を眺めていた薫が現在の井勢谷と比較して指摘する。

「井勢谷さん、昔は髪の毛、短かったんですね」

「ええ、まあ」井勢谷は愛想笑いを浮かべ、話を逸らすかのように写真の本間を指差した。「これが本間専務ですね」

「私は当時から専務です」

本間が訊かれもしないことを述べる。薫の興味は、しかし写真の中央の若くめかしこんだ美人に向けられていた。房江夫人を押しのけるようにして、先代社長の隣に写っている。

「この女性は？」

薫の質問には今井が投げやりに答えた。

「うちの筆頭株主ですよ」

「筆頭株主ですか。ずいぶんお若いですね」

薫が言うと、室内にしらけたムードが漂った。

二

特命係のふたりは示し合わせてトイレに立った。薫が自分の見解を上司に耳打ちした。

「本当に誘拐事件だったら謎だらけですね」

「七年前の失踪事件自体が謎ですからね」

右京が応じたので、薫が思い切って踏み込んだ発言をした。

「失踪した先代、ワンマンだったみたいですね。敵も多かったんじゃないでしょうか」

「かもしれません」

「現社長の今井さんは専務を飛び越えて社長になって、本間さんは悔しかったでしょうね。井勢谷さんも課長から常務に。社長の失踪で得したのはそのふたりですかね？」

薫は思わず勢い込んだが、右京は自分の意見を保留した。

ふたりが戻ったとき、社長室では前田房江が今井進一にすがりついているところだった。

「うちの会社なら出せない額ではないでしょう。なんとかしてください」

「出せませんよ。常識で考えてください。五億なんて要求はあんまりにも無茶ですよ」

「今井さん！」

「奥さんも知っているでしょう」

ここで右京が割り込んだ。

「なにを知っているんですか？」

今井が渋い顔になった。

「いやね、うちは先月巨額の設備投資をしたばかりでして……」

「差し支えなければ、何に、おいくらほど？」

「自社のネットシステムに、五億です」

「身代金の額と同じですね」

右京が興味を示すと、井勢谷が苦渋の表情になった。

「ここでさらに五億の支出は、確かに死活問題です」

「どうせいたずらだ」今井が強気に同じ主張を繰り返す。「考える必要はない」

「その判断は先代の声を聞くまで待ちましょう」

「主人の声を聞く？」

窓際にいた房江が驚いたような声を上げたとき、野呂が再び社長室に飛び込んできた。

「また、外線一番です！」

先ほどと同じ声が、電話機のスピーカーを通して社長室に響き渡った。

——身代金の五億円だが……

電話の主を今井がすぐに遮った。

「その前に前田社長の声を聞かせろ」

受話器の向こう側に沈黙が降りる。房江は不安を感じたかのように、今井の肩を揺すった。

「今井さん、もう一度！」

「前田さんの声を聞くまでは信用できない」

今井が繰り返すと、受話器を受け渡すような音がして、先ほどまでの声とは異なる、しわがれた声が聞こえてきた。

――シンちゃんか？

今井の顔が瞬時に凍りつく。

「ま、前田社長……」

――心配をかけて、すまない。

「私にも話をさせてください」本間が駆け寄ってきた。「社長！」

「ちょっと待ちなさい」

今井は受話器を奪おうとする本間を遠ざけようとしたが、房江に邪魔された。

「今井さん、本間専務にも話させてあげて！」

「社長！」受話器を握った本間が悲痛な声で叫ぶ。「私です。ご無事ですか！」

――本間くんか。すまない、こんなことになって。

「あなた！　どうして七年も……いまどこにいるの！」

感極まった房江が本間を押しのけると、電話の向こうの声が元に戻った。

――これでわかったろう。身代金の五億はすべて現金で用意しろ。深夜零時までに用意しておけ。

受話器を奪い返した今井が「無茶だ！」と抗議したが、電話の主はせせら笑うように言い放った。

――受け渡しの方法は追って知らせる。

電話を切る音が室内に響き、虚脱感が室内に充満した。もの問いたげな薫の視線を感じた本間がぽつんと言った。

「確かに前田社長の声でした」

「『シンちゃん』とは？」右京が今井に質問した。「先ほど、そう呼ばれていましたね？」

今井は首を振りながら、

「前田社長からはそう呼ばれていました。しかし、信じられない……」

室内の気まずいムードを嫌ったのか、野呂がへつらうようにして刑事に申し出た。

「あのぉ……紅茶でもお淹れしましょうか？　先週、うちが売り出した商品、結構評判いいんですよ」

「馬鹿！　いま紅茶どころじゃないだろう！」

一喝する今井を、右京が冷静に諭す。

「いえ、紅茶のカフェインには疲労回復、香りにはリラックス効果があります。いまの状況にはぴったりの飲み物だと思いますよ」

野呂が感謝の目を右京に向けて社長室から退去し、しばらくしてティーポットとカップを携えて登場した。ひとりひとりに紅茶を給仕し、ソーサーに載せたカップを配っていく。コーヒー党の薫も受け取って、茶褐色の液体をさっそく喉に流し込んだが、井勢谷は紅茶を断わった。

「あ、そうでした。すみません」

野呂はなにかに気づいたようすで、続いて本間にカップを渡した。井勢谷が心配そうな顔で右京に質問した。

「前田社長が生きていた場合、奥様が相続された遺産はどうなるんでしょう？」

紅茶の香りを楽しんでいた右京が顔を上げた。

「失踪者の生存が確認されれば、〝失踪宣告〟は取り消されます。もちろん、財産を得た者も権利を失います」

「主人が生きてるなら、財産なんてどうでもいいわ！」

房江が殊勝なことを口にするが、井勢谷の興味はほかのところにあるようだった。

「じゃあ、既に社長が代わっていることは？」

今井の紅茶を飲む手が思わず止まった。その場の一同が右京のことばに聞き耳を立てている。

「役員や株主の総意で決定した社長でしたら、前社長の生存が確認されても、退く必要はありません」

心なしか今井はほっとした表情になったように、薫は思った。

「そんなことより、刑事さん」房江が真剣な目を右京に向けた。「身代金の用意を！」

「ええ、しかし五億もの金額ですからねえ」

「銀行に融資してもらうしかないですね？」

右京のことばを継いで薫が説明すると、井勢谷が社長におうかがいを立てた。

「資本金を担保にうちのメインバンクに……」

「銀行にはどう説明するんだ？」

「こういう場合は警察のほうから説明します」

薫が申し出たが、本間が別の観点から問題点を指摘した。

「待ってください。それだけの融資を受けるには、まず株主の承諾が必要です」

「ちょっと、主人の命がかかっているのよ」

「しかし、これは規則で決まって……」

「緊急事態なのよ！」

「でも、少なくとも筆頭株主には話をつけないと」

本間と房江の間の押し問答はこのひと言で決着がついた。筆頭株主の話が出たとたん、房江はがっくりと肩を落とし、窓際に下がってしまったのだ。

「筆頭株主とは、この方ですね？」右京が先ほどの写真の若い女性を示す。「どういう方なのですか？」

誰もがうつむいてしまう中、答えたのは今井だった。

「昔からの取引先のお嬢さんですよ。いまは彼女がそこの代表取締役ですが」

それだけではなく、もっとなにかがあると薫は感じたが、問い質すことはできなかった。なぜなら、ちょうどこのとき、犯人からの三度目の電話がかかってきたからである。

三

——金の用意はできたか？

犯人の性急な物言いに、今井が憤りをあらわにした。

「そんなに早くできるか！」

房江が送話口を通じて犯人に対して説明する。

「お金は銀行から借りなきゃないのよ。そのためには警察の協力が必要なの！」

犯人は意外と物分かりがよかった。

――わかった。

「いいのか？」今井が犯人との交渉の主導権を取り返す。「警察に通報して」

――ああ。ただし、そのビルに入ることは許さない。

薫がホワイトボードに「株主の許可」「時間」と書いた。今井はそれを理解し、

「融資には株主の承諾もいる。時間が必要だ」

――零時までだ。

「じゃあせめて、筆頭株主の許可を取らせてくれ」

――すぐにそうしろ。

「ここに来てもらう必要がある。女性だ」

――その女、ひとりだけだぞ。受け渡し方法はまた連絡する。

そう言うと、電話は一方的に切れた。右京が首を傾げた。

「不思議ですねえ。いまの電話、なんのためにしてきたのでしょう？」

「金を要求するためでしょう？」

薫はさも当然というふうに言い返したが、右京は納得しなかった。

「それは前の電話で済んでいます。それに最初の電話ではあれほど警察の介入を拒んで

いたのに、今回はこちらの要求をあっさり聞き入れました」

「そうしないと金が取れないと思ったんでしょう?」

「そうでしょうか。ぼくは最初の電話と今回の電話の間で、犯人側になにかの変化があったような気がします。たとえば、ぼくやきみが既にこの事件にかかわっているのを、犯人側が知ってしまった。だから、さらなる警察の介入を拒まなかった」

「でも、犯人がどうやってそれを知るんです?」

薫が言うと、固唾を呑んでふたりのやりとりを聞いていた〈ネクストライフ〉の幹部たちが、口々に異議を唱えた。

「まさか、私たちの中に犯人とつながっている人間が?」「私たちは一歩もここを出ていないんですよ?」「そうですよ。どうやって犯人と連絡をとるんですか!」

「皆さん、そう熱くならずに」右京がなだめにかかる。「それよりも筆頭株主の女性を早くお呼びになったほうが」

筆頭株主の佐々原妙子は毅然とした態度を崩さなかった。今井が誘拐事件について説明し、銀行から身代金の融資を受けることについての許可を求めたが、自分の一存で株の放棄はできないと突っ撥ねたのである。

「放棄してくれと申し上げているのではなく……」

本間が薄くなった頭を下げて説明しようとしたが、妙子は薄笑いを浮かべて遮った。

「こちらが倒産したら、株はただの紙くずでしょ?」

「身代金は警察が全力で回収いたします」

右京が生真面目に言うと、妙子は挑戦するような目を向けた。

「保証できるんですか?」

「残念ながら、保証はできません」

「ビジネスとしては最低の話ね」

「ビジネスではなく、人の命の話ですから」

右京が正論を述べても妙子は興味なさそうに黒髪を掻き上げ、高級そうなハンドバッグからタバコのパッケージを取り出した。傲慢な態度で一本くわえる。それを見た野呂がライターの火を差し出し、本間と房江が床に膝をついて頭を下げた。

「多勢に無勢ね」妙子は煙草の煙を吐き出すと、「この件は会社に持ち帰らせてください」

「あの……」遠慮がちに房江が妙子を呼びとめた。「あまり時間が……」

「わかってますわ」妙子は煙草をもう一服吸うと、房江の顔に煙を吹きかけた。「奥様」

ヒールの音を鳴らして立ち去る妙子の後ろ姿を、屈辱の炎を瞳に浮かべて房江が睨みつける。そして、憤然と社長室から出て行った。井勢谷と本間も銀行に融資の相談をしに行くために、立て続けに退室した。

「株主がなんだ！」妙子がいる間おとなしく黙っていた今井がすごい剣幕で机を叩く。

「会社は社長のものなんだよ！」

薫が調子を合わせて作り笑顔で応じると、今井は前田勇一郎の肖像写真を恨みを込めてねめつけた。

「外面がよかったからな、先代は。社員や株主の受けがよかった。だから、俺の苦労なんか誰も知らない」今井は肖像写真を糾弾するように指差した。「女関係にだらしなくて、私が必死でそれを隠したんだ」

「なぜ、今井さんが？」

「通販の客の七割は女性だ。女にそっぽを向かれたらやっていけない。先代はそこがわかっていなかったんだ」

「なるほど」

「さっきの佐々原妙子。筆頭株主とか偉そうなこと言ってるが、先代の愛人ですよ」

薫にも、もちろん右京にも、それは察しがついていた。

先代社長の愛人は思ったよりも早く戻ってきた。そして今井の席に足を組んで座り、検討結果を発表した。

「やっぱり先代はすごいわ。うちの役員で反対する者はいなかった」

まるでいまの社長は無能だと言われているようで、今井は腹の虫が治まらなかったが、ここはじっと耐えていた。房江も歯を食いしばって窓の外に視線を向けていた。そこへ本間と井勢谷が入ってきて、朗報をもたらした。

「銀行が融資を承諾しました」

「現金をここに持ってきてくれるそうです」

「えっ、ここに銀行の人が？」薫が難色を示す。「犯人に警官だと思われませんかね」

本間と井勢谷が顔を見合わせていると、右京が気軽に声をかけた。

「それでは、次の電話で犯人に許してもらいましょう。意外と心の広い犯人のようですから」

上司にはどんな勝算があるのだろう、と薫が思っていると、タイミングよく犯人からの電話がかかってきた。

四

——現金は用意できたか？

単刀直入の犯人の質問に今井が答える。

「銀行の人間が金を持って来ることになった。入れてもいいな？」

――わかった。金がそろったら、晴海埠頭の臨海公園へ行け。

　薫がホワイトボードに「受け渡し方法」と殴り書きする。今井はなんとかそれを読み取って、

「う、受け渡し……方法は？」

――朝の五時になったら金をすべて海に捨てろ。

　今井は聞き間違えたと思い、訊き直す。

「海に……捨てる？」

――札束に帯封が付いている場合は、それをはずして、一枚一枚捨てるんだ。

「な、なんでそんなことを！」

――言われたとおりにしなければ、前田社長の命はない。

「ちょっと待て！」

――朝の五時に五億。覚えやすいだろう。時間厳守だ。海に金をすべて捨てたのを確認したら、前田は解放してやる。

　今井はなんとか犯人を翻意させようとしたが、電話はむなしく切れてしまった。

　このとき突然、井勢谷が胸を押さえて倒れた。みるみる顔色が青ざめ、手足が小刻みに震えている。薫が慌てて携帯電話を取り出した。一一九番通報するのを、右京が制す

る。

「救急車を呼ぶ必要はないかもしれません」そう言いながら、もだえ苦しむ井勢谷の背広のポケットを探る。そして、一枚のカードを取り出した。「ありました」

薫がカードの文面を読んだ。

「『私は恐怖と不安が襲ってくるパニック障害という病気の患者です。私の場合は長くても十分くらいで発作は治ります。薬も持っています。救急車も必要ありません』」薫が右京に救いを求めるような目を向けた。「でも、大丈夫なんですかね、こんなに苦しんでいて」

質問に答えたのは今井だった。

「彼の場合は心配ないはずだ」

「やはりあなた方もご存じでしたか」と、右京。

「はい」と、本間。「でも刑事さんはどうして」

「先ほど彼はひとりだけ紅茶を飲みませんでした。カフェインを取らないようにするのは、この症状を持つ方々の特徴です。さらに彼は数年前から髪を伸ばしています」

「それもパニック障害を持つ人たちの特徴なんですか?」と、薫。

「ええ。理容室や美容室などで髪を切ると、いざというときに逃げ出せず、恐怖を覚える人もいるようです」

やがて井勢谷の発作は治まったが、室内のムードは沈んだままだった。

「五億を海に捨てろなんて、常軌を逸している」

頭を抱える今井を横目で見ながら、妙子が愁いを帯びた表情を作って薫に迫った。

「ねえ、偽札は使えないの？」

「どんな場合にも警察が偽札を使うわけにはいきません。一応、潜水士の資格を持った機動隊を配備させますが、それでも全額回収は難しいか、と」

「いったい犯人の狙いはなんなんだ！」

腹に据えかねたと言わんばかりに、今井がデスクを強く叩いた。

「海に捨てろという要求ですから、少なくとも身代金を受け取る気はないようですね」右京が冷静な口調で本間に問う。「先ほど、五億の支出は死活問題だとおっしゃいましたね？」

「ええ、いまの我が社では……」

「多分、犯人の狙いはそれです」

「それ？　それってなんです？」

房江が険しい顔を右京に向ける。今井が立ち上がり、絶叫した。

「我が社をつぶすことか！」

「なんの恨みがあるっていうんですか！」本間も声を荒らげた。「大体、誰に？」

「冗談じゃない！　なんで勝手に失踪した先代のためにここまでしなきゃならないんだ！」

今井の暴言を房江が聞きとがめた。

「ちょっと、いまのは聞き捨てなりませんよ！」

「奥さんはもう黙っていてくれ。これは経営にかかわる問題なんだから！」

「わたしと主人が作った会社ですよ！」

「だからこそ、あなたがくだらない慈善事業に会社の金を使っても、こっちは黙ってるだろ！」

房江は鬼のような形相になり、今井と顔を突き合わせた。

「くだらない慈善事業ですって！」

「ホームレスの救済ボランティアでしたか？　会社のイメージアップとか言って、単なるあなたの自己満足でしょうが！　そうやって旦那が消えた寂しさを紛らわせているだけだ！」

このひと言で房江の感情が爆発した。書棚に並んでいた『あずみの森』という小冊子を引っ張り出しては、床にばらまく。

「じゃあ、これはなによ！」房江が小冊子を靴で踏みにじった。「あなただって、こんな市民運動に会社のお金を寄付してるじゃない！」

「それは毎月勝手に送られてくるんだ！　どうせ寄付目的の団体だろ！」

右京が一冊拾い上げ、中をパラパラとめくった。

「あずみの森を土地開発から守る市民団体の機関誌ですね」

「なんだか知らんが、私には興味のないことだ」

「ほお、興味がありませんか……」

右京が思わせぶりにつぶやいたとき、薫は暴れる房江を捕まえて、「奥さん、もうよしましょう」となだめているところだった。

「あんたになにがわかるのよ」

房江は拘束を振り解くと、思いきり薫の頬を張った。かくもヒステリックにしかられるのは、幼い頃母親から同じようにされて以来であった。


やがて銀行から金が届いた。金を運んできた銀行員の中に警視庁特殊班の浜口という捜査官が交じっていた。浜口が手にしたジュラルミン製のトランクの中にはすでに帯封を解かれ、番号が控えられた一万円紙幣がぎっしりとつまっている。紙幣には念のために防水スプレーがかけられていたが、気休めにすぎなかった。

浜口は自分がすべての陣頭指揮を執ると宣言し、特命係のふたりを別室に押しやって、軟禁状態にした。普段はこんな高圧的な処遇を受けたら逆にハッスルする薫が妙におとなしくしているので、右京が小声で質問した。

「きみらしくありませんが、どうしました？」

「いやね、参りました」薫が肩をすくめた。「奥さんの怒ったときの声、うちのおふくろにそっくりなんですよ」

「なるほど」そのことばを聞き、右京の脳細胞が猛烈なスピードで働きはじめた。「そういうこともあるかもしれない。おかげですべての謎がわかりました」

しばらくすると、浜口がふたりのいる部屋に入ってきた。そして右京に釘を刺す。

「これから現金を持って、犯人に指定された場所へ向かう。犯人に指定された朝五時ぎりぎりまで待つつもりだが、その間、あなた方は決して勝手な行動をしないように」

「ならば、ひとつお願いがあります」

右京の不遜な態度に、浜口が眉をひそめた。

「そんなことを言える立場ではないはずですが？」

「聞いていただければ、お金を捨てずに済むかもしれません」

驚く浜口に右京が何事か耳打ちした。

五

浜口により解放された関係者たちは、おのおの自宅に帰るなり、職場に戻るなりして緊張を解いた。そんな中、ひとりだけ、あずみの森へ向かう人間がいた。右京はその人物のあとをつけ、深夜の森を歩いた。やがて先導者は持参したスコップで、土を掘りはじめた。かれこれ一時間近く掘ったとき、なにかを発見したようだった。穴の中に上体を入れ、なにか取り出している。ここで右京は近づき、懐中電灯で深夜の穴掘り人と掘り出されたものを照らした。

「先代社長、前田勇一郎さんの頭蓋骨ですね、それは？　そして、七年前に彼を殺したのが、あなた」

告発を受けても、今井進一にはことばを返すことができなかった。

「安心してください。朝の五時までには時間があります」

「早く、身代金を……」

やっとの思いで今井が言った。

「海に捨てられると困りますか？」

「当たり前だ」

「だから、あなたはその前に確認したかったんですね？　確かに前田社長が亡くなっていることを」

「どうして私だとわかった？」

「ヒントはすべてあの社長室にありました」右京は『あずみの森』の冊子を一冊取り出

した。「寄付目的で勝手に送られてくるとおっしゃいましたね？　問い合わせてみたところ、あなたから定期購読の申し込みがあったそうです」

狼狽する今井を右京が追い詰める。

「なぜ、あなたは嘘をついたのか。そう考えたとき、思い出したんです。あなたのパソコンにもこの市民団体のサイトが登録されていたことを。その手の活動に興味がないあなたが、なぜこの市民団体に興味を示しているのか。それは、ここで行われるイベントなどを確認するためですね？　大勢の人が来たり、土地開発で掘り起こされたりするのを、あなたはこの七年間、ずっと恐れてきた。あなたが殺した前田社長が眠っているからです」

今井の顔から憑き物が落ちた。あきらめたような表情で、罪を認めた。

「すべて会社のためだった。社長には愛人の佐々原妙子がいて、女性顧客中心の通販ではスキャンダルだった。しかも、それが業界紙に流された」

「どなたかが流したような口ぶりですね？」

「本間専務ですよ。浅はかなやつだ。それで社長が失脚すれば、自分がその座につけると思ったんでしょう。そのスキャンダルを私が握りつぶし、社長に彼女と別れるよう説得したんだ。七年前に、ここで」

右京が冷徹に確認する。

「ここですね？　新しい配送センターが建つ予定だった場所は。そして、その下見の際にあなたは前田社長を殺した」

今井は力なくうなずき、掘り出した頭蓋骨に目を落とした。

「説得してるうちに揉み合いになり、斜面から転がり落ちたんですよ。気がつくと死んでいた」

「それを井勢谷さんに見られたのですね？」

「ああ。たまたま下見に同行していたあいつに見られ、弱みを握られたんだ」

今井が悔しそうに吐き捨てる。右京はそれを聞いて、

「殺害を目撃したショックで、彼はパニック障害になってしまったのでしょう。おかげで常務の椅子も手に入れたわけですが。そして社長の椅子にはあなたが座った」

「皮肉なもんだ……まさか七年も経ってばれるなんて……こんな誘拐事件さえ起こらなければ……」

「驚いてるでしょうね、誘拐犯も」

「まさか、誘拐を仕組んだのは……」

そこへ、薫が先代社長の遺影を携えて登場した。後ろに前田房江のほか、本間、井勢谷、佐々原妙子を引き連れている。

「奥さんですよ」

薫が真相を伝え、偽装誘拐犯を前に押し出す。房江は今井を睨みつけ、とつとつと心情を吐露した。

「主人の女関係に苦しんだのはわたしも一緒。だから、失踪したって聞いたときは心から喜んだわ。だって、主人の財産がわたしのものになるもの。でも、そのためには七年も待たなきゃならなかった」

薫が相槌を打つ。

「失踪宣告ができるまで、ですね?」

「そしたら気づいたの。主人の財産でも、会社だけはわたしのものにならないって」

「まさか、そんなことで?」

信じられない思いで目を見開く今井に、房江が呪詛《じゅそ》のことばを浴びせる。

「会社はあなたたちに乗っ取られて、わたしはいつも蚊帳の外。なのに、この女は株主として会社に意見を言える」そう言って妙子を指差した。目に憎悪がこもっていた。

「あの会社を作ったのはわたしと主人なのに。それならいっそ、なくなってしまえばい!……そんなときに聞いたのよ、主人の声を。ボランティアで活動しているときに接したホームレスのひとりの声が、生前の主人の声と聞き間違えるくらい、そっくりだった。思いついたわ。会社をなくしてしまう方法を」

房江はふと表情を緩めて息をつくと、刑事のほうを向いて言った。

「でも、どうしてわたしが犯人だとわかったの？」

「似てたんですよ、あなたの声が」と、薫。「俺のおふくろの声と。そんな人に出会えば、できる犯罪ですよね？」

「それに、あなたは警察に通報するなと指示しておきながら、あっさり介入を許しました」と、右京。「それからはもう、株主や銀行員があの社長室に入ることをなし崩し的に許しました。つまり、五億も要求すれば、警察や株主や銀行の協力が不可欠になる。犯人にはその認識がなかった。まったくの素人の犯行だと思いました」

右京に指摘され、房江が恥ずかしそうにうつむいた。さらに右京の指摘が続く。

「だから三度目の電話は奥さん、あなたが急に相手にかけてくるよう指示し、変更点を電話で話さなければならなくなった。その電話はいつも、あなたが窓際に立ったあとにかかってきました。それが電話をかけさせる合図だったのですね？」

房江は指摘を認めて、うなだれたままうなずく。

「しかも奥さんは、電話の相手にその都度、誰が話しているのが、送話口の近くで巧みに教えていました。あなたが電話の男とつながっている、そう確信しました」

「わたしは〈ネクストライフ〉が消えてなくなれば、それでよかったのよ」ここで房江がまなじりを上げて今井を見つめた。「まさか主人が殺されてたなんて！」

今井が憎々しげに言い返す。

「こんなことで露呈するなんて……」

「あなたが会社を乗っ取り、わたしをないがしろにするから、こんなことになったのよ！」

殺人犯と狂言誘拐の犯人が、お互いに罵詈雑言を浴びせはじめた。やがて口論はエスカレートし、しまいには取っ組み合いになった。

本間がだしぬけに井勢谷の胸倉をつかんだ。

「きさま、社長が殺されたことを知ってて七年間も……」

「もとはと言えば、あんたがいけないんだ。自分の出世のために、前田社長のスキャンダルを利用しやがって！」

井勢谷は本間を押し倒し、その拍子で自分も転倒した。

「人殺しをかくまっていた人がなに言ってるのよ！」

房江の怒りの矛先が井勢谷に向けられた瞬間、妙子が参戦した。

「前田さんの死を一番望んでいたのはあんたじゃない！」

「愛人がでかい口を叩くんじゃないわよ！」

いつしか五人が入り乱れ、深夜の雑木林でバトルロイヤルがはじまった。右京が場の混乱を治めるべく、前田勇一郎の頭蓋骨を拾い上げた。そして大声で一喝した。

「あなた方の誰ひとりとして、この人を心配していなかったのですね」

突如我に返った五人が見つめるなか、右京が冷たく言い放つ。

「法的な罰を受けるのは、人を殺めた今井さんと、狂言誘拐を仕組んだ奥さんですが、本来なら井勢谷さん、あなたも犯人隠匿に問われるのですよ」

「七年経ってますから時効ですけどね。しかしあなた、これからどうするつもりですか？」

薫が問うと、井勢谷は引きつったような笑みを浮かべた。

「おかげでなんとか五億円の身代金は守りました。私が社長になって、会社を再建します」

それを聞いた右京が冷笑を浴びせる。

「今度こそ、マスコミに流れますよ。殺人を隠蔽したあなたを株主が許すでしょうか？」

井勢谷が持病の発作に襲われて、もがきはじめるのを見て、右京は本間に向き直った。

「七年前、先代のスキャンダルを売ったあなたも同じです」さらに妙子に対して、「あなたが持っている株も大きく値を下げるはずです」

「なんですって。この馬鹿！」

妙子はふいにしゃがみ込んだかと思うと、泥を拾い上げて薫に向かって投げつけた。

だしぬけの急襲に面食らった薫だったが、次の瞬間、筆頭株主の行動の意味を理解した。

泥は薫が持っていた先代社長の遺影に投げられたのだ。気がつくと、地面に倒れて苦しむ井勢谷と虚脱したように座りこんだ妙子以外の三人も、泥団子を手に持っていた。

「あんたのおかげで俺の人生、台無しだ！」

「死んでまで、私たちを苦しめるのか！」

「もう一度、死にやがれ！」

次々に飛来する泥つぶてを遺影で受け止めながら、薫は深いため息をついた。

第五話 「潜入捜査」

一

夜間の静まり返った高層ビルのフロアに口笛が響き渡った。哀愁を帯びたメロディーはイングランド民謡の「グリーンスリーブス」だった。制服に制帽という警備員姿の葛《かつら》城《ぎ》貫《かん》太《た》郎《ろう》は、夜間の見回りの際、口笛でこの曲を吹くのが習い性になっていた。口笛を鳴らすことで、怪物めいた巨大なビルに潜む闇の恐怖を和らげようとしているのだろうか。あるいは、一見したところ、うだつがあがらない風貌の葛城が虚勢を張って、後ろに引き連れた新入りの警備員に先輩風を吹かせているつもりなのかもしれない。

ふたりはいま、〈ドラゴン〉という名のＩＴベンチャー企業が入っているフロアの見回りをしている最中だった。葛城が先頭に立ち、異常がないかと懐中電灯でフロアを照らして確認する。年長で妙に落ち着いた新人は無駄口を叩くこともなく、そのあとに付き従っていく。

奥は社長室になっていた。

「杉山さん、ちょっと見てきてくれる？」

葛城が軽い調子で命じたのを、杉山と呼ばれた新入りはわざわざ一礼して受け入れ、社長室に入っていく。そして、葛城の口笛がワンコーラス終える頃に出てくると、「異常はないようです」と再び一礼した。

「それじゃ、行こうか」

葛城は杉山とともに〈ドラゴン〉のオフィスを出て、下のフロアへ向かった。

夜警というのは基本的に退屈な仕事である。その夜も特に異変はなく、闇のたまり場であった巨大な建造物は、夜が明けるとともに、清潔で快適なオフィスビルへと本来の顔を取り戻した。

「お疲れさま。夜勤は堪《こた》えるでしょ」最終見回りを終えた葛城が新入りにねぎらいの声をかけた。「こんな仕事をしてると無性に光が恋しくなることがあるよ。人間も光合成してるからさ、夜中起きて昼間寝るのは体に悪いんだ」

「ええ」

新入りがことば少なく応じたとき、地下駐車場にスポーツカータイプの高級車が滑り込んできた。中から浅黒く日焼けした精悍な顔つきの男性が降りてきた。四十そこそこだろうか。高級ブランドスーツをおしゃれに着こなし、表情には不遜とも言えるほどの自信がうかがえる。

「〈ドラゴン〉の代表取締役社長、北潟《きたがた》誠吾。個人資産は数十億あるんだってさ」葛城が耳打ちした。「羨ましいね。俺もああいうふうに肩で風切って歩いてみたいよ」

「そうですね」

杉山こと、杉下右京は鋭い視線をベンチャー企業の若き社長に注ぎながら、小さくうなずいた。


通勤ラッシュの時間帯も過ぎ、すっかり賑やかになったオフィスビルには活気が満ちていた。そんな中、取り残されたように陰気な部屋があった。地下の設備管理室である。ここにも配属されたばかりの新入りがいた。新入りが仕事を待ちわびてうずうずしていると、それに応じるかのように電話のベルが鳴った。先輩の設備管理員がすぐに受話器を取り、何事か手短に電話を受けている。

「俺が行きましょう」

新入りが申し出ると、先輩はほっとしたような顔になった。

「亀田くん、行ってくれる？　二十階の〈ドラゴン〉さん。社長室の電源が入らないんだって」

「がってんです」

作業服に身を包み設備管理員に扮した亀田こと、亀山薫は工具箱を手に取ると、意気揚々と二十階へ向かった。

〈ドラゴン〉のオフィスに着いた薫は、「失礼します」と明るい挨拶とともに社長室に入り、電源を直すふりをしながら、厳しい顔の北潟を盗み見た。

警視庁特命係の杉下右京と亀山薫は、ITベンチャー企業〈ドラゴン〉の潜入捜査を行なっているのだった。夜中に右京がわざと断線させたコードを時間をかけて修理しながら、薫は青年実業家のようすをうかがう。

今回の捜査は警察庁の長官房室長、小野田公顕《こうけん》が直々に右京と薫に持ち込んできた〝特命〟であった。ITベンチャーの勝ち組である北潟誠吾には、極左勢力とのつながりが噂されていた。北潟から過激派へ活動資金が流れているというのだ。その事実を確かめるために、公安当局は刑事をひとり、森本達也という偽名で〈ドラゴン〉に潜入させて情報収集を行なっていたが、その森本が忽然と姿を消してしまったのだという。その真相を探るというのが、小野田からの〝特命〟の内容だった。

公安の蒔いた種は公安で決着をつけるのが筋だ、と右京は難色を示したが、小野田は「これまでにずいぶんおまえに貸しがあるはず」と押し切ってしまった。薫としては、閑古鳥の鳴く特命係の小部屋でずっと気難しい上司の相手をしているよりは体を動かすほうが性に合っていたので、張り切ってその任務に当たっている。

しかし、いくら配線工事に時間をかけても、北潟の身の周りで不審なことは発見できなかった。

「修理、終わりました」

いかにも仕事に生きがいを感じる設備管理員というふうに挨拶すると、社長室のドア口のところでお辞儀をした。ドアを閉めて振り返ったところで、荷物を抱えた若い男性社員とぶつかりそうになった。どうやら社長への宅配便のようだった。

「社長、失礼します。森本さんからお荷物が届いています」

薫と入れ違いに男性社員が社長室に入っていく。荷物を渡し終えると、すぐに部屋から出てきた。薫の耳は男性社員のせりふを聞き逃さなかった。

（森本というのは消えた公安の刑事の名前だ）

近くのデスクにいた目の大きな美人の女性社員も同じことばを聞き取ったのか、着席したまま興味深そうに荷物が持ち込まれた部屋を見つめている。薫はよろけたふりをして、女性社員にもたれかかる。案の定、設楽《したら》という名札が目に入った。

「あ、すみません」

女性社員が大きな目を丸くして薫を一瞥した。薫は微笑むと同時に踵を返し、社長室のドアを開けた。

「すみません。ドライバーを忘れちゃったみたいで……」

とっさに口をついた薫の言い訳は、北潟の耳には届いていないようだった。若き青年実業家は驚愕の表情を浮かべて荷物の箱の中身を凝視している。駆け寄った薫は箱をのぞき込んで腰を抜かしそうになった。

入っていたのは、人間の左腕だったのである。

一報を受けた所轄の刑事や鑑識員がどやどやと訪れ、二十階のフロアがにわかに慌ただしくなってきた。警備員の衣装からスーツに着替えた右京が、エレベーターホールに集まった野次馬に交じって遠巻きに見物していると、誰かが肩を叩いた。振り返ると、捉えどころのない笑顔を浮かべた捉えどころのない人物がいた。葛城貫太郎である。葛城は気さくに年上の新入りに話しかける。

「帰ったんじゃなかったの?」

「近くで食事をしていましたら、ビルの前にパトカーが集まり出したものですからね。何事か、と思いまして」

右京の慇懃な返事にも、葛城は動じなかった。

「で、何事なの?」

「さあ、わかりません。ご覧のとおりの状態ですから。あなたこそ、お帰りになったんじゃなかったんですか?」

「忘れ物」そう答えてマフラーを指し示し、「帰って寝ないと、もたないよ」

「なにがあったかわからないと、帰っても気になって眠れませんよ」

「いいねえ」葛城の頬が緩む。「あんたのそういう小市民的なとこ、好きだよ」

右京がひとりで苦笑を嚙みつぶしていると、葛城があくびをしながら言った。

「ぼくはとても付き合えないから、今夜にでも教えてよ。じゃあね」

右手を軽く上げて去っていく。見送る右京の目が、見知った設備管理員の姿を捉えた。〈ドラゴン〉のオフィスから、薫が抜け出してきたのだ。

「帰って寝なくてもいいんですか？」

「帰ろうと思っていた矢先に、とんでもない届け物があったと連絡をもらったら、寝られるわけがないじゃありませんか。それより、どんな状況ですか？」

薫は右京を人ごみから引き離し、小声で報告する。

「ひょっとすると行方不明になっている森本達也の腕かもしれません。森本の遺留品から指紋を採って、照合をしてみるようですから」

「なるほど。設楽聡子さんとはうまく接触できましたか？」

「まだ、ほんのちょっとだけ」薫はもたれかかったときの感触を思い出してにやにやしながら、「なにしろこっちは身分を偽ってますから、慎重に接触しないと。でも、任せてください。もうしばらくしたら仲良くなっちゃいますから」

「頼もしいですねえ」

「とりあえず、机の脇にシールは貼っときましたよ」

その夜の見回りの際、杉山という名札をつけた警備員は、シールを目印に設楽聡子の席を見つけると、無断で机の引き出しを開けた。奥のほうへ差し込んだ指先が、小さなビロードの小箱の感触を探り当てる。引っ張り出してふたを開けると、ダイヤの指輪が出てきた。リングの部分に文字が刻印してある。懐中電灯で照らすと、『from T.M. with love』と読み取ることができた。

二

翌朝、潜入捜査中の特命係のふたりの刑事は、オープンエアスタイルのカフェで朝食をとりながら、情報交換をした。

右京から指輪の話を聞いた薫が、ハンバーガーにかじりつきながら大きくうなずく。

「やっぱり恋仲ですか、森本達也と設楽聡子は」

所轄署に森本の捜索願を出した人物が設楽聡子であった。それだけではなく、毎日のように署に顔を出しては捜査の進捗状況を訊きにきているという。森本とは単なる同僚という間柄ではあるまい、と薫は考えていたのである。

「きみは女性に指輪を贈ったことがありますか?」まじめな顔で右京が問う。「愛の証しとして、女性に指輪を」

「そりゃ、なくはないですけど……それが?」

「ならば、せっかく贈った指輪を会社の机の引き出しに無造作に入れておかれたら、どんな気がします?」

右京の質問の真意が薫にも呑み込めてきた。

「そっか、愛する人から贈られた指輪であれば、常に身につけておいて欲しい。しまっておくにしても、せめて自宅の特別な場所とか」

右京は紅茶をひと口啜ると、軽くうなずいて、

「それに指輪には〝T・M〟という刻印がありました」

今度は上司のことばの意味がわからない。

「だから森本達也でしょ?　イニシャルはT・M」

右京の目が罠にかかった獲物を見つけたように輝いている。

「『森本達也』は偽名ですよ。真実の愛の証しとして贈るのに、偽名のイニシャルを刻むのはどうかと思いますねえ」

「あ、なるほど。ってことは、ふたりは単なる恋仲じゃない……」

「現段階で簡単に恋人同士と決めつけるのは危険かもしれませんね」

右京が紅茶のカップをソーサーに戻しながら言った。

自らが経営する〈ドラゴン〉のオフィスに向かうべく、愛車のハンドルを握る北潟の耳に、後部座席から若い刑事が話しかけた。

「すみません。運転手みたいなまねさせて」

「かまいませんよ。家の前で事情聴取はごめんですから」

「それにしても、いい車ですね！」

「どうもありがとう」

北潟の返事にこもった皮肉に気づくようすもなく車内をしげしげと見回している芹沢慶二の頭を捜査一課の先輩がこづく。芹沢が居住まいを正したところで、伊丹憲一がおもむろに口を開いた。

「我々がお訊きしたいのは、どうしてあなたにあんなものが送られてきたのか、ということです」

「まったくわかりません。青天の霹靂《へきれき》です。昨日の刑事さんにもそう申し上げましたが」

「聞いています」

「だったら」

北潟が語気を荒らげると、伊丹がうそぶいた。

「何事も自分の目と耳で判断するのがモットーですから」

隣で芹沢が噴き出し、伊丹は前よりも力を込めて後輩の頭を殴った。

特に実のある話を聞き出せなかった伊丹と芹沢は、北潟と一緒に〈ドラゴン〉のオフィスに入ると、ＯＡルームに設楽聡子を呼び出した。おびえたような目で捜査一課の刑事の顔を見る美人ＯＬに、伊丹が本題を切り出した。

「森本達也さんとはどのような関係でしたか？　かなり親しいご関係だったんでしょ？」

うつむいてしまった聡子に、芹沢が軽い調子で訊く。

「ずばり、恋人ですか？」

聡子は茶化すような問いかけに抗議するかのように、明瞭な口調で答えた。

「そうです」

伊丹が秘密を明かすかのような口ぶりになった。

「近々に公になることだから言いますが、まだ黙っておいてください。昨日の腕、森本達也さんのものでした」

聡子は肩を落とし、両手で顔を覆った。

「……やっぱりそうですか」

「やっぱりって？」

「昨日、彼の私物から指紋を採ってましたから」聡子はきっぱりと顔を上げ、刑事の顔を見据えた。「彼は生きているんですか？　それとも……」

「まだわかりません。ところで、どうして森本さんの腕が北潟社長のところへ送られてきたんですかね？　なにか心当たりはありませんか？」

「ありません」

にべもない答えに伊丹は肩をすくめ、芹沢をうながして、ＯＡルームから出て行った。

聡子はそれを目で送るでもなく、再び手で顔を覆ってパソコンデスクに突っ伏していた。部屋の隅っこにかがみ込んで一部始終を見ていた薫は、そっと立ち上がると部屋の内部からドアをノックし、さもたったいま外から入ってきたようにドアを開けた。

「いまの刑事でしょ？　顔つきでわかりますよ。意地の悪そうな顔してるから」

聡子はおどおどした表情で立ち上がると、「失礼します」と言い残して部屋を出て行った。

同じとき、二十階から一階に降りるエレベーターの中では伊丹が背中を掻いていた。

「どうしたんですか？」

上司を気遣う芹沢に、伊丹が打ち明ける。

「誰かが俺の噂をしてる」

「え？」

「噂されると痒くなる体質なんだ。悪いか？」

薫は盗み聞きした内容をすぐに右京へ電話で伝えた。

——恋人だって言っていたわけですか。

「ええ」自分の姿は上司には見えていないのに、思わず首を振ってしまう。「伊丹たちにはっきりと。嘘とは思えないんですよ」

——なぜですか？

「彼女、本当にショックを受けていたみたいですから。誰かがいる前だったら芝居ってことも考えられますけど、伊丹たちがいなくなったあとも、相当落ち込んでるみたいで。恋人の安否を気遣う女以外の何者でもありませんでした」

——なるほど。女性を見る目はぼくよりもきみのほうが確かですからねえ。

電話越しの上司の物言いに、薫はかちんときた。

「それって嫌味ですか？」

——嫌味に聞こえましたか？

「ま、いずれにしても、そのあたりはしっかり探ってみますよ」

使命感に燃えた薫は、昼休みに聡子がビルから出てくるのを玄関前で待ち伏せした。やがて出てきた聡子を追い、公園のベンチに元気なく座り込むのを確認すると、偶然を装って近づいた。

「あ、また会いましたね」

聡子が怪訝な顔で会釈するのに遠慮せず、薫はさらに話しかけた。

「おひとりですか？　隣、いいですか？」

返事も待たずに腰をおろすと、手に提げていたコンビニのレジ袋から弁当を取り出した。

「もうお昼、済みました？」

「いえ……」

「早く食べないと昼休み終わっちゃうでしょ」

「ごめんなさい」

聡子があからさまに迷惑顔になり立ち上がった。立ち去ろうとする背中に薫が呼びかける。

「ちょっと待ってください。実は偶然じゃないんですよ」

「え？」

「あなたとお話がしたくて」

薫が明るく言い放ったのと対照的に、聡子は表情を強張らせた。

「どういうことですか？」

「ああ、そんな怖い顔して。ぶっちゃけ、ナンパです」

「は？」

呆れた顔の聡子に薫がたたみかける。

「ナンパ、よくされるでしょ？　あなた、美人だから。とにかく、座って。ね、こんなところに弁当広げた中年男を置き去りにしないでよ。ちなみに今晩、暇？　いつなら、いい？」

「あのー」

聡子の口から抗議が漏れようとするのを察した薫は、すかさずそれを遮った。

「付き合ってる人とかいるの？　そりゃいるよね。いないわけがない」

「いい年して、ナンパなんて恥ずかしくないんですか？」

薫が息を継ぐ間に聡子はぴしゃりと言い渡したが、まるで効果はなかった。

「恥ずかしくないよ。だって、美人を見たら声をかけるのがうちの家系だから。うちは曾《ひい》じいちゃんがナポリの人で、美人を見て声をかけない男は犯罪者だって代々教えられてきてるから。顔見たらわかるでしょ？　俺って、どことなくラテン系ぽくない？」

口から出まかせの乱射攻撃を受け、思わず聡子が笑った。

「ハハ、笑った、笑った。で、いつにする？」

「なにが？」

「そりゃ、デートでしょう。いままでなに聞いてたの。俺は今夜がいいんだけどなあ。諦めないよ、俺。ナンパの極意は粘りと頑張り。ジャンジャンバリバリ、パチンコに通じる部分がある。ちなみにパチンコはお好き？」

「やったことないです」

「だったら、ぜひ一緒にパチンコはどう？　意外と面白いから。なんなら、今晩……」

「お断わりします」

「だよね？　いまの聞かなかったことにして。ナンパでパチンコに誘ってどうするんだよ、ねえ。だったら……」

　この瞬間、奇跡が起きた。

「カラオケにしない？」

　それは間違いなく聡子の口から飛び出したせりふだった。

　というわけでその夜、薫はカラオケボックスでアニメの主人公になったつもりで熱唱していた。薫の十八番《おはこ》は、なにを隠そうアニメソングだったのである。聡子もなにかが吹っ切れたように、タンバリンを叩いて合唱している。見るからに楽しそうだった。

　薫の歌が終わり、聡子の入れた曲のイントロが流れ出した。酔っ払ったのか、聡子は少しふらつきながら立ち上がると、マイクを握った。

　見かけに似合わぬ軽快なステップを踏んで、聡子がひと昔前に流行ったポップスのヒット曲を歌いはじめた。攻守交替した薫がタンバリンでリズムを取っていると、テーブルの上に置かれた聡子の携帯電話が震え出した。着信音も鳴っているのかもしれないが、室内の大音響のために聞き取ることはできない。聡子の目はモニター画面に釘付けになっており、よもや自分の電話に着信があることには気づいていないようすである。

薫は好奇心を抑えることができず、聡子の携帯のディスプレイをのぞき見た。そこに表示された送信者の名前が「森本達也」であることを知り、思わずタンバリンのリズムが止まる。

やがて聡子が歌い終わり、ほてった体を休めるかのごとくシートに体重を預けたところで、薫が言った。

「携帯が鳴ってたけど、彼氏じゃないよね？」

「ほんと？」

軽く応じて携帯の着信履歴を確かめた聡子の顔色が一瞬で変わった。

「誰？　ねえ、彼氏なの？　無視、無視」

薫がおどけると聡子も調子を合わせて、「違うよ」とごまかしたが、目は真剣だった。そして、「ちょっとごめん」と言うと、携帯電話を握りしめて、部屋から出て行く。そして、二、三分後に帰ってきた聡子は、突然お開きを宣言したのだった。

三

「おはようございます。っていうか、お疲れさまです」

翌朝、夜勤明けの右京を特命係の小部屋で迎えた薫は、さっそく昨夜の首尾を報告した。

「で、どこかで森本と会うんじゃないかと思ってあとをつけてみたんですが、まっすぐマンションに帰っちゃいました」

右京は紅茶ポットに湯を注ぎながら、

「部屋で待っていた可能性もありますね」

「あります」マグカップからコーヒーを啜りながら、薫が答える。「だけど、まさか部屋まで押しかけるわけにもいかないでしょ。状況がまだはっきりつかめているわけではないんだから」

「間違いなく森本達也からの着信でしたか?」

「それは間違いありません。この目ではっきりと確認しましたから。もちろん」上司に指摘される前に先手を打つ。「本人かどうかは定かではありません。誰かが森本達也の携帯で電話してきたのかもしれない」

「ええ」

満足げに紅茶の香りを楽しむ右京に薫が質問する。

「森本達也は生きているんですかね？　腕を失ったからって必ずしも死ぬわけではないから、可能性はありますよね？」

右京から回答が得られる前に、訪問客がぶらりと入ってきた。

「暇か？」

いつもと同じせりふであるが覇気がない。声の主は組織犯罪対策五課の課長である角《かく》田《た》六郎であった。声だけでなく、服装も違っていた。いつもは妻が選んでくれるというニットのベストを着用したくたびれたスーツ姿なのに、今朝はなぜか海釣り帰りの恰好なのだ。視線を奥に向けると、角田の部下である大木と小松の両刑事も海釣りファッションのままだった。

「釣りですか？」

「ああ、釣りだ」

相変わらず角田は元気がない。

「そのようすじゃ、ボウズですね？」

「馬鹿言え、釣ったさ。しかも大物だ」

やぶれかぶれな言い草に右京が興味を持った。

「なにをお釣りになったんですか？」

「死体だ。それも片腕のない真っ黒焦げの死体だ。なんの因果かねえ……」

落ち込む角田と驚く薫をよそに、右京はなにやら考え込んでいた。

「なんの因果でしょうかねえ」


死体のあがった東京湾の埠頭では、鑑識課の米沢守が黒縁眼鏡の奥の目を光らせながら焼死体を検分していた。芹沢を連れた伊丹が近寄り、米沢に問う。

「左腕がない男の死体……ひょっとすると、ひょっとするな」

「ええ。ひょっとすると、ひょっとします」

米沢がそう答えたとき、同じことを考えたらしいほかの刑事が二名、近づいてきた。たちまち伊丹が牙を剝く。

「特命係の亀山ぁ～」

恒例ともいえる伊丹のひと言に込められた意味を後輩の芹沢が丁寧に説明した。

「まったく鼻が利くというかなんというか。おふたりは警察犬も顔負けですね」

右京は動ずることもなく、

「褒めことばだと受け取っておきましょう」

「身許は？」

薫が伊丹に訊くが、捜査一課の同期生は特命係の刑事を睨みつけたままで、答えたのは死体のそばに膝をついたままの米沢だった。

「ご覧のとおりの状態ですからね」

優秀な鑑識員が指し示す遺体は焼け焦げており、かろうじて男性ということがわかる程度であった。右京がうなずく。

「すぐにはわかりませんね」

「しかし、手がかりがないわけじゃないんですよ」

「失われている左腕ですね」

米沢は特命係の警部を見上げ、嬉しそうに「はい」と言った。

死体発見現場から引き上げる車中で、ハンドルを握る薫が右京にストレートに訊いた。

「森本達也でしょうかね？」

「さあ、どうでしょう。検死解剖の結果を待ちましょう」

「仮に森本が死んでいたとしたら、ゆうべの電話は……」

右京は疲れた顔をしていたが、頭の回転は衰えていないようだった。

「ゆうべまでは生きていたのかもしれませんよ。もちろん死後経過時間が判明しないと、なんとも言えませんが」

運転席の薫がびくっとした。

「つまり、設楽聡子が殺したってことですか？」

「もしもあの遺体が森本達也であり、かつまた死亡推定時刻が昨夜から今朝までの間であったならば、当然彼女に疑いをかけるべきでしょう。きみの証言が確かならば、ゆうべ彼女は森本と会っていた可能性があるわけですからね」

理路整然と説明されると薫は面白くない。口調もついついぞんざいになった。

「確かですよ。森本達也の携帯から着信があったのは間違いない。くそー、だったらゆうべ部屋まで行っときゃよかった」

「ま、あくまでも可能性を論じているだけですから。それに殺して焼いて棄てるとなると、女性ひとりにはいささか骨の折れる仕事のような気がします」

薫の脳裏に〝共犯〟という文字が浮かび上がったとき、助手席の上司が指示を出した。

「設楽さんのマンションへ案内してもらえませんか。彼女の部屋へ行ってみましょう。覚えてますか?」

いつもこの変わり者はひと言多いと感じつつ、薫が応じる。

「そりゃあ、覚えてますよ。でも、寝なくても平気なんですか?」

「着くまでひと眠りします」

やはり連夜の夜警をこなしたあと昼も捜査を続けるという荒業は、たとえ杉下右京をもってしても難しいようであった。薫が前夜の尾行の最終目的地で車を停めたときにも、右京はまだ眠ったままであった。「右京さん」と揺り起こす。

「ああ……着きましたか」

「あそこです」

　薫が指差したのは赤レンガ造りのシックな印象のマンションである。部屋は四階というところまで、昨夜の薫は郵便受けの名札で確認していた。さっそく玄関を入り、郵便受けに目をやる。ところが、昨夜はちゃんとあったはずの〝設楽聡子〟という名札はどこにも見当たらない。不審そうな上司に、薫は訴えるように説明する。

「確認したんですよ、ゆうべ。ちゃんと設楽聡子って名前があって……」

「どうやら一杯食わされましたかね。名札を設楽さんの名前に入れ替えることは簡単です。そうやって、さもこのマンションの住人のように偽装したのでしょう。きみの尾行をまくために」

「俺の尾行が気づかれていた……」

　悄然となる相棒をさらに打ちのめすようなひと言が右京の口から発せられる。

「そう考えざるをえません。尾行の途中、設楽さんは誰かと携帯で話したりしていませんでしたか？」

「そう言えば、地下鉄の駅に向かう途中で歩きながら……」

「おそらくきみは設楽さんと一緒にカラオケ店を出たところから監視されていたと思いますよ。彼女がきみの尾行に気づいて、こんな工作をするとは思えませんし、そもそもきみの目を盗んで名札を準備したり、入れ替えたりすることは不可能ですからね。設楽さんに電話を寄こした人物が工作したと考えるのが妥当でしょう。そしてその人物が、彼女にここへ来るように指示を出したのだと思います」

「森本達也ですか?」

　薫の頭にはその男のことしかなかった。

「それは置いておきましょう。その人物はここに先回りして、名札を入れ替えた。きみの見た名札はフルネームでしたね?」

「ええ。〝設楽聡子〟って、はっきりと」

「ひとり暮らしの若い女性がフルネームの名札を入れますかねえ」

　そう指摘を受け、薫は完全に騙されたことを知った。悔しさでいっぱいの薫の耳に右京のさらなる指摘は、敗北を伝える審判の声のように響いた。

「尾行者がその名札を確認して引き上げるにせよ、あるいは図々しく部屋まで確認に上がってくるにせよ、彼らはまんまとその名札によって逃れることができますからねえ」

　伊丹憲一は憤懣《ふんまん》やるかたない気持ちだった。遺体の身許は森本達也だと確認されたにもかかわらず、刑事部長の内村完爾《かんじ》から突然、捜査中止の命が下ったのだ。しかも、あとの捜査は公安部が引き継ぐという。内村自身が納得していなかったのだから、伊丹に納得できるはずもなかった。

　頭にきた伊丹は記者クラブに顔を出し、奥寺美和子を日比谷公園まで呼び出した。今回の措置をチクるために。

「たぶん〝チヨダ〟の人間だ」伊丹が仏頂面で吐き捨てる。「聞いたことあるだろ？」

　美和子は信じられないような顔になり、

「ええ。公安警察の秘密部隊……」

「非合法活動もお手のものの精鋭部隊だ」非合法すれすれの捜査をいとわない捜査一課の刑事が言った。「だから、さっき公式に記者発表された森本達也なんて人間は実は存在しないんだ。名前も経歴も全部でたらめ。な、特ダネだろ？」

「でも、どうしてわたしに？」

　美和子の疑問はもっともだった。伊丹と薫の仲の悪さを考えると、伊丹から薫と親しい美和子に特ダネ情報が持ち込まれるとはにわかに信じ難い。もしかしたら自分と薫が破局したことを、既に伊丹は知っているのだろうか、と美和子は嫌な気持ちになった。

「疑り深いねえ。ま、仕方ないか」伊丹が自嘲した。「理由は単純だ。いきなり横から公安がしゃしゃり出てきやがって、頭きた。ただ、それだけだよ。ま、信じるも信じないもあんたの勝手だ」

　伊丹は肩をすくめ、立ち去り際にさらにひと言付け加えた。

「嘘だと思うなら亀山に訊いてみろ。やつらもこの一件に噛んでるはずだ。俺なんかより詳しい事情を知っているかもしれねえ」

初冬を迎えた日比谷公園の夜風は冷たかった。ひとり寂しく残された美和子はすぐにいまの情報を確認しようと考えた。別れたとはいえ、薫に悪感情を抱いているわけではなかった。

亀山薫は大いに後悔していた。奥寺美和子から連絡を受けたとき、薫はひらめいたのだ。公安当局がそこまで躍起になって事件を隠そうとするのには、なにか深い理由があるのではないか、と。黒焦げで思いつくのは、遺体の偽装である。であれば、海からあがった黒焦げの遺体は、送られてきた腕の持ち主である〝森本達也〟とは別人のものという可能性はないだろうか。

自分のひらめきに自信を覚えた薫は、美和子に「スクープの大ネタを提供してやるから、パソコンの電源入れて待ってろ」と大見得を切り、米沢守を伴って、大学病院の法医学教室に検死解剖を担当した教授を訪ねてきた。浅はかであった。ちゃきちゃきの江戸っ子らしいその女教授は、薫の自説を聞くなり烈火のごとく怒り出し、しまいには「おととい来やがれ、このすっとこどっこい！」という捨てぜりふを残して帰ってしまったのだった。安請け合いした自分が馬鹿だった。美和子がスクープを書く準備をして待機しているかと思うと、胃がしくしく痛む。

薄暗い解剖室に冷たい空気が流れ込む。

「森本達也の遺体に間違いないようですな」いまさらながら米沢が言う。「腕と遺体が別人というのは、やはり乱暴な想像ですよ」

薫はそれでも諦めきれないようすで、

「じゃあ、遺体はなんで黒焦げなんですか」

「そんなこと、私が知ってると思いますか？」

「焼かなくちゃならない理由があったわけでしょ？　たまたま焼けちゃうはずないんですから」

「ま、ひとつ言えるのは」米沢は黒縁眼鏡のへりを持って、「死んだと見せかけるための偽装工作ではなかったということですね」

慰めにも参考にもならない意見を聞き、むしゃくしゃしている薫の携帯が鳴った。美和子から……どうやら督促のようだった。薫は染みがにじんだ解剖室の天井を仰いだ。

右京は夜警のふりをして〈ドラゴン〉の総務室に潜り込んでいた。社員名簿を探し、設楽聡子の住所を調べるためだった。

ちょっと前に薫から電話があり、遺体は間違いなく森本達也のものであり、しかも死後二日は経っているという報告を受けた。となると、昨夜聡子にかかってきた電話の主が森本でないことは決定的だった。さらに昨夜の状況から、聡子が薫をまいたあと電話の主と接触したこともおそらく確実と思われた。聡子の住所を調べ、すぐにでも薫を急行させるべきだ。右京の勘はそう告げていた。

ようやくリストを探り当てたとき、ふいにフロアの照明がついた。こういう事態は想定していなかった右京は、即座に名簿を元に戻し、素知らぬ顔を取り繕う。

「ああ、びっくりした」

深夜の訪問客は北潟誠吾だった。右京は平然と嘘をつく。

「こちらもです。どうなさいました？」

「ちょっと済ませときたい仕事があってね。巡回？」

「ええ」

北潟の目が意地悪く歪む。

「ここの巡回は午前零時と三時と五時、だったよね。いま、何時？」

窮地に立たされた右京が腕時計で時間を確認する。

「一時四十七分ですね」

「中途半端な時間だね」北潟は獲物を追いつめたハンターのような征服欲につき動かされていた。「それに巡回はふたり一組だったはずだよね。相棒はどこ？」

右京が黙秘していると、北潟の声に含まれる残忍さが増した。

「なに黙ってる？」

そのときである。後方から、「何度もごめんね」という声とともに、腹を手で押さえた葛城が登場してきた。

「どうやら原因は晩飯だな。あ、これは北潟社長、こんな真夜中にどうなさいました？」

「お仕事だそうです」

右京が生真面目に答えると、葛城が調子を合わせる。

「ありゃまあ、それは大変ですね。じゃあ、ぼくらはよそを回ろうか」

「ええ」

「お帰りになるときには、ひと声かけてください」

葛城が人の良さそうな笑顔を浮かべると、追いつめたはずの獲物を取り逃がした北潟は、「ああ、はい」と気の抜けた返事をするのが精いっぱいだった。

「さ、行こう。また、途中で便所に行くかもしれないけど、よろしくね」

右京を促し、〈ドラゴン〉のオフィスを出た葛城は、突然人が変わったように怖い顔になった。

「何者だい、杉山さん？」

右京は答えない。

「なんかおかしいと思ったんだよ。こないだもひとりでこっそり抜け出してたよね。あとをつけてきてよかったよ。おかしなことされたら、うちの信用にかかわるから。窃盗団の一味かい？　下見かなんか？」

右京は答えない。

「白状しろよ。そしたら見逃してやるから。悪さはよそでしてくれ。うちが管理してるビル以外なら、なにしてくれたって構わないからさ。だんまり決め込むなら警察だよ。いいのかい？」

それでも右京は答えなかった。そして、そのまま所轄の警察署に引き渡されたのである。警察での取り調べは葛城の比ではなく執拗で厳しかったが、右京は一切口を開かず黙秘を貫いた。刑事のほうがついに根負けし、右京はひと晩、留置場に放り込まれることになった。そのとき右京の心を支配していたのは、屈辱感でも敗北感でもなく、今晩だけはゆっくり眠れるという充足感だった。

四

翌朝、右京の身柄を引き取りに来たのは薫だった。所轄署から立ち去る車の中でも、「右京さんともあろう人が警察に捕まっちゃうなんてね」と、終始にこやかである。いつも完璧で超然としている上司の失敗が愉快で仕方ないようすだった。

「そうそう、小野田さんが褒めてましたよ」薫のご機嫌はとまらなかった。「捕まっても黙秘を貫くなんてスパイの素質があるって。もっとも、捕まってしまうようじゃ、そもそもスパイとしては失格ですよね」

「おしゃべりも結構ですが、道は合ってますか?」

ふたりは設楽聡子のマンションへ向かっていた。北潟に見つかる前、右京はちゃっかりその住所を記憶しておいたのだ。そのあたりはさすがだった。

「合ってますとも」上司をやり込めるチャンスなど滅多にないので、薫は余裕綽々だった。「あ、そうだ。朝飯まだでしょ? 後ろにおにぎりがありますよ」

「はい?」

「取ってみてください。あるでしょ?」

確かに後部座席には手ぬぐいにくるんだかわいらしい包みが置いてあった。

「たまきさんからです。迎えに行く前にちょっと寄ってってって言われて」

右京が包みを開けると、小ぶりのおにぎりが三つ並んでいた。

「ひとつ、いいですか」右京が助手席から薫に話しかける。「どうしてたまきさんに知らせる必要があったのでしょうか」

「だって」薫は笑いを堪えるのが大変だった。「知らせたいじゃないですか。右京さんが警察に捕まったなんてね」

右京が三つのおにぎりを食べ終わる頃、薫の運転する車は聡子のマンションのある住所表示に近いところまで到着していた。車を降りてしばらく捜すと、やがて目指すマンションが見つかった。高層建築のいかにも高級そうなマンションである。正面玄関はオートロックだったが、ちょうど住人が出てきたところだったので、ふたりは会釈を武器にちゃっかり侵入を果たした。

設楽聡子の部屋は十階の八号室だった。表札にも〝設楽〟と表示してあるので間違いない。しかし、チャイムを押しても聡子が出てくる気配はなかった。

右京が携帯電話を取り出し、番号をプッシュした。

「部屋に電話してみましょう」

どうやら住所録をひと目見ただけで、電話番号まで記憶していたらしい。変わり者の上司の記憶力に薫が舌を巻いていると、ドア越しに電話のベルが聞こえてきた。

「鳴ってます」

「かけてますから」

薫の興奮は、上司のひと言でにべもなくかき消された。右京が携帯を切ると、当然ながら部屋のベルも聞こえなくなった。

続いて右京はほかの電話番号をプッシュした。今度は聡子の携帯の番号だという。

「いったい一瞬で何桁くらい覚えられるんですか？」

薫は感心するというよりも呆れたが、右京はそれには答えず、携帯を耳に当てている。

「コールしています。出ませんね」

そのとき、部屋の中から携帯電話の着信音がかすかに聞こえてきた。薫はその音に聞き覚えがあった。聡子の携帯電話のものである。

「携帯を置いたまま外出でしょうか……違いますよね」

「ええ」

右京が硬い表情でうなずくのを確認し、薫は管理人のもとへ鍵を借りに走った。

最悪の事態が的中した。設楽聡子は広いリビングの真ん中に横たわっていた。息がないことはひと目でわかった。首にはどす黒く扼殺《やくさつ》痕が残っている。

「設楽聡子さんに間違いはありませんか？」

右京の問いに、薫は首を縦に振り下ろす。

「扼殺のようですね。出血は見当たりません」

遺体の周辺には鳥の羽毛が散らばっており、果物ナイフが一本転がっていた。血痕はついていない。どうやら聡子が犯人と揉み合った際に、ナイフの刃がクッションを切り裂いたようだ。

「激しく争ったようですね」

右京が室内を観察している間に、薫が鑑識に連絡する。その間に右京は聡子がはめていた指輪に目を留めた。

「この指輪、ぼくが彼女のデスクの引き出しで発見した指輪とまったく同じ形です」

そう言いながら、胸ポケットからチーフを取り出し、それで包むようにして聡子の指から指輪をはずす。

「鑑識を待ったほうがいいんじゃないですか？」

薫の忠告は効果がなかった。右京は「ちゃんと戻しますから」と言い訳しながら、抜き取ったリングの裏を確かめた。『from Y.S. with love』という刻印が読み取れる。

「Y・Sというのは森本達也の本名のイニシャルではないでしょうか。ふたりは本当に恋に落ちていたのかもしれませんね」

「どういうことですか？」

「同じ形の指輪。そして、同じ形式の刻印。違うのはイニシャルだけ。おそらく彼は指輪を二度、設楽聡子さんに贈ったのでしょう」

上司のことばの意味が理解できなかった薫が訊き返す。

「二度？」

「一度目はぼくが会社で見つけたあの指輪。イニシャルはT・M、つまり偽名のまま贈った指輪です。その頃の彼は、まだ任務の一環として、設楽さんに接触していたのでしょう」

　ここまで説明されれば、薫にも右京の言わんとすることが理解できた。

「ところが森本達也は途中から彼女に本気になってしまった。そういうことですね。だから、本名で指輪を贈り直した、と」

「そう考えれば、イニシャル以外まったく同じ指輪を贈る意味が見えてきます。当然その時点で彼は自分の素性を打ち明けたでしょう。騙していたことを詫び、そして真実の愛を告白した」

　薫の頭の中に、その情景が思い浮かんだ。

「騙されていたことはショックだったでしょうが、聡子もすでに彼を深く愛していた。だから、彼を赦し、愛を受け入れた」

「その証拠がこの指輪ですよ」

　右京の推理は説得力があったが、それでもまだすっきりしないところがあった。

「でも、そうやって恋が成就したなら、なんでこんなことになっちゃうんですか？　森本達也に続いて、彼女までこんな……」

　薫が犯人に対して憤りを覚えながら遺体を見つめていると、右京は部屋をぐるりと見渡した。ひとり暮らしには十分すぎるほどの広さがあり、そろえられた調度品も高価なものばかりだった。

「それにしても豪華な部屋ですね。分譲でしょうか、それとも賃貸？　いずれにしても若いＯＬにふさわしい部屋とは思えません」

「そんなこと、どうでも……」

薫の反論は右京によって遮られた。

「彼女は北潟社長と交際されていたんじゃないでしょうか」

「え？」

「考えてみてください。森本達也は途中までは任務で設楽聡子に接触していたわけですよ。つまり、情報収集のためです。北潟社長の情報が欲しいのに、なぜ、あえて彼女に接触したのか」

薫もようやく納得がいった。

「彼女、北潟社長と仲良しだったから、こんな家に住めちゃったってことですか」

あとの捜査は所轄の刑事と鑑識員に任せて、右京と薫は北潟誠吾を訪問することにした。ＩＴベンチャーの若き成功者の自宅は閑静な高級住宅街の中にある一戸建てだった。ふたりが到着したとき、ちょうど北潟は車庫から愛車を出そうとしていた。背後の気配に気づいたのか、振り返ってふたりを見た。夜中のオフィスで不審な行動をしていた警備員と昼間のオフィスで電源工事をしていた設備管理員の姿を認め、不可解そうな顔になる。すかさず、薫がパスケース式の警察手帳を呈示した。

「警視庁の亀山です。こちらは杉下」

北潟は呆れたように首を振り、苦笑いする。

「きみたちも警察だったのか。よくやるよ、まったく」

「設楽聡子さんが殺されましたよ」

薫が先制攻撃を加え、それを受けて右京が自分の考えを披露した。聞き終わった北潟は渋々と、聡子との愛人関係を認めた。

「だからどうだっていうのさ？　お互い独身なんだし、恋愛は自由だろう？」

うそぶく北潟に薫が揺さぶりをかけた。

「おたくの社員だった森本達也が彼女にちょっかいを出していたのはご存じだったでしょう？　愛人が別の男のとこに行っちゃったら腹立ちますよね」

「なにが言いたいんだ、きみは」

北潟が気色ばんだのを見て、右京が一気に攻め込む。

「おまけにその男が当局のスパイと知ったら、それこそ腸《はらわた》が煮えくり返る思いだったのではありませんか？　森本達也が公安から送り込まれた刑事だという事実を、あなたは見抜いていたはずです。あなたはついさっき、こうおっしゃいました。『きみたちも警察だったのか』と。きみたち〝も〟……つまり、我々以外にも身分を偽ってあなたに近づいた警察の人間がいたということではありませんか？　愛人を寝取ったうえに正体はスパイだった男。そんな男にあなたはどんな仕打ちをなさるんでしょう？」

「おい、ちょっと待て、まさか俺が森本を殺したとでも言うんじゃないだろうな？」

北潟の声に動揺の響きが交じった。薫がさらに詰め寄る。

「もっと言えば、自分を裏切った女も当然、憎いですよね？」

「聡子まで殺したというのか、この俺が？」北潟が自嘲するような笑みを浮かべた。

「あんたたちはそうやって、いつも俺を犯罪者扱いする。確かに俺は公安にマークされてる。だからって犯罪者じゃないぞ！　思想も信条もこの国は自由だろう！　俺をテロリストとでも思ってるのか、ふざけるな！　儲けた金をどう使おうが俺の勝手だ！」

「そんなふうに森本達也を罵倒したんですか？」

右京が挑発すると、北潟は鼻を鳴らした。

「連中にそんな正論が通じるもんか。知りたきゃ教えてやる。連中の手口をちょっとまねて会社から追い出してやっただけだ」

要するにこういうことだった。北潟は、森本がベッドの上で聡子と絡み合っている姿を盗撮し、それを脅迫のネタに逆スパイにならないかと持ちかけたのだ。森本が断わると、会社からとっとと消えうせるように追い立てたのだという。

北潟の話を理解した右京が確認した。

「設楽聡子さんはそのいきさつをご存じなかったわけですね？」

「さすがに俺の口からは言えないよ。やつが自分で彼女に言うかと思ったが、どうやらそういうこともなかったようだな」

「ええ。森本達也は会社から姿を消すのと同時に、彼女の前からも姿を消してしまったようですね。だから彼女は捜索願を出した。それでもじっとしていられずに、足繁く警察へ通った」

「ああ、そういうことだろう」

〈ドラゴン〉の社長が寂しげに笑う。

「あなたが森本達也の正体に気づいたきっかけは、愛人に新しい男の影がちらついたからですか？　やはり気になるでしょうからねえ」

「もういいだろう？　なにもかも話したよ」

　北潟のもとから引き上げる車中で、薫が右京に自分の考えを述べた。

「まだ未練がありそうでしたね、設楽聡子に。そう思いませんでした？　つまり動機もある。森本達也がスパイだったこともさることながら、彼と設楽聡子が恋仲になっちゃったことが許せなかったんじゃありませんかね？」

「きみは北潟社長がふたりを殺したと思っているのですか？　だとすると送られてきた

森本の腕は、北潟社長の自作自演ということになります。可能性がまったくないとは言えませんが、ただでさえ公安当局から睨まれているのに、わざわざそんなまねをしますかね？　いたずらに公安当局を刺激するだけです」

薫はそのことを考えていなかった。どこかで間違えてしまっただろうか、と考え直していたので、右京のことばを聞き逃しそうになった。

「今回の事件を解く鍵は設楽聡子の殺意にあると思います」

「設楽聡子の殺意？　なんですか、それ？」

「ナイフですよ」

「ナイフ？」

「部屋に落ちていた果物ナイフです。あれは設楽聡子を殺害した犯人の凶器でしょうか？　違います。彼女の死因は扼殺ですから。ナイフは設楽聡子の凶器ではないでしょうか。つまり、あの現場で殺意を持っていたのは、彼女を殺害した人物ではなく、彼女のほうだったんですよ」

薫は驚き、ハンドルを握る手に力が入った。

「設楽聡子は返り討ちにあったってことですか？」

「ええ。部屋には激しく争った形跡がありましたからね」右京がさらに推理を続ける。

「さてそうなると、彼女はいったいなぜ、誰に、殺意を感じたのでしょうか？　ここで森本達也の携帯で彼女に電話をしてきた人物が重要な役割を果たします。彼女はそれまで森本が姿を消した理由を知りませんでした。忽然と姿を消してしまった恋人の安否をただ気遣うしかなかったんです。ところが、その夜……」

　薫の思考が推理好きの上司に追いついた。

「森本の携帯で連絡してきた人物から、恋人が姿を消した理由を聞いた」

　右京は我が意を得たようにうなずき、

「そう考えれば、設楽聡子が誰に殺意を感じたかは明白ですね」

「北潟社長」

「ええ。おそらく彼女は北潟社長を殺そうとしたんですよ。しかし、逆に殺されてしまった」

「やっぱり北潟社長が設楽聡子殺害の犯人か」

　薫が舌打ちし、ハンドルを右手で叩く。

「間違いないと思いますよ。しかし、その前提である電話の人物を特定して、確かめる必要はありますがね」

「特定するったって、あてはあるんですか？」

　右京の目が怪しく光った。

「ええ、約一名」

五

〈ドラゴン〉のオフィスの入った高層ビルの地下駐車場に、「グリーンスリーブス」を奏でる口笛の音色が響き渡った。自分の車へ向かおうとする口笛の主の前に、特命係のふたりの刑事が立ちはだかる。口笛が鳴り止む。

葛城は目を丸くして、右京に言う。

「もう自由の身かい？」

「ええ、なんとか」

薫が警察手帳を掲げた。

「お話をお聞きしたいんですが」

「なるほど」葛城は右京に微笑みかけて、「ただ者じゃないとは思ってたけど、そっちの人か」

「ええ」右京が頭を下げる。「おそらくあなたと同業ですよ。あなたもただ者じゃない。公安部に所属なさっているんじゃありませんか？」

葛城は困ったような顔で笑い、「ご冗談を」と否定した。

「残念ながらお名前から調べるのは困難なので、首実検をさせて頂くことにしました」

右京が右手を上げると、駐車スペースの奥に停まっていた黒塗りの車のヘッドライトが点灯した。葛城はまともにライトで照らされ、まぶしそうに目の前に手をかざした。黒塗りの車はのろのろと三人のほうへ近づいてきて、直前で停まった。中から小野田公顕が降りてくる。

「久しぶりだね。元気そうじゃない。いまは葛城貫太郎なんだって？」

名指しされた警備員が絶句していると、小野田は右京を見やって、

「名前じゃ調べられないから写真撮ってきてよって言ったら、一緒に来れば話は早いって引っ張って来られちゃった。人遣いが荒いよ、杉下は」

右京が警察庁の幹部のことばを引き継いだ。

「官房長はかつて〝チヨダ〟の管理官をなさってましたからね、ひょっとしてあなたと面識があるんじゃないかと思いまして」

葛城は右手を頭の横に持ってきて敬礼すると、小野田に対して、「ご無沙汰しています」と態度を改めた。

「〝森本達也の腕〟はきみの仕業？　杉下がそう言うもんだから。どうなの？」

葛城が答えないので、右京が言い添える。

「あなたが森本達也を殺したとは思っていません。彼は自殺したのではないですか？」

「どうしてそう思う？」

葛城が試すような口調で質問した。垢抜けない警備員のように見えていたのは幻覚だ

ったのだろうかと疑いたくなるほど、葛城はいつの間にか変貌を遂げていた。

「わざわざ遺体が焼かれていたからですよ。遺体にははっきりと自殺の痕跡があったのではないですか。つまり、それを隠したかったわけでしょう」

葛城はぞっとするような薄笑いを浮かべたままで返事をしなかった。右京がさらに推理を重ねる。

「正体を見破られるという大失態を演じたばかりか、ひどい屈辱まで味わわされて、森本達也は自ら命を絶った。そんな彼の不名誉な痕跡を隠してやりたかった。そうではありませんか？」

右京の目を見返したまま、葛城が重々しい口調で語る。

「あいつは首を吊って死んでたよ。北潟に殺されたも同然だ」

「仇でもとろうっていうの？」

静かな声で小野田が訊くと、公安の潜入捜査員は悔しそうな表情を垣間見せた。

「公安で仇をとってくれるはずもありませんから」

「そりゃそうさ。潜入先の女性と恋に落ちるだけでも相当問題なのに、それで足元すくわれて自滅しちゃうんじゃ、話にならないでしょ」

「そのとおりですよ」葛城の目は怒りの色に染まっていた。「うちの連中は洟《はな》も引っかけないでしょう。同情もしない。馬鹿なやつだとせせら笑うだけ。結局あいつは行き場を失くしたんです。だけど、ぼくたちも人間ですよ！　恋もすれば、失敗もする。いつ、あいつみたいになるかわからないんです！　あいつの姿はぼくの姿でもあるんです！　わからないでしょうね、いつも闇の中にいる人間の気持ちなんて」

葛城が以前、「こんな仕事をしてると無性に光が恋しくなることがあるよ」と発言したのを右京は思い出した。

「だからきみが？」

小野田が言うと、葛城は右京を憎々しげに睨んだ。

「せめて仇はとってやらないと気が済みませんから。じわじわ追い込んでやろうと思ったんですけどね。とんだ邪魔が入った」

「設楽聡子に連絡したのはあなたですね？」

薫が質問したが、葛城はそれに答えず、嘲るように言い返す。

「もう少し尾行の仕方を練習したほうがいいよ。ま、あんただけじゃないけどさ。刑事部の連中はみんな尾行も張り込みもへたくそだ」公安部のスパイは少し表情を緩め、「彼女には手紙を届けたんだよ。あいつが残した遺書のような手紙を」

「その手紙に今回の顛末が記されていたわけですね？」右京が確認する。「そして、彼女は恋人がどんな屈辱を味わわされたのか、そのとき知った」

「ああ」

「設楽聡子は殺されましたよ」

「そうみたいだね」

「犯人はおそらく北潟社長でしょう。彼は法によって裁かれなければなりません。つまり、あなたに勝手に仇討ちさせるわけにはいかないんですよ」

「ぼくを止めようっていうの?」

「ええ」

「三対一か、ちょっと分が悪いな……わかった。あとはきみたちに任せる。ぼくは引き上げよう」

肩を落とした葛城を、薫が引き止める。

「ちょっと待ってください。あなたも死体損壊と遺棄の容疑がある。帰ってもらっちゃ困ります」

薫が肩に手をかけたとたん、葛城はその手を手繰り寄せて背負い投げを食らわせた。葛城よりはるかに大きな薫の体が宙を舞う。薫が駐車場のコンクリートの床に背中を派手にぶつけたときには、葛城はすでに小野田の車に乗り込んでいた。あっという間にエンジンをかけ、そのまま猛スピードで飛び出していく。

薫が立ち上がり、自分の車のほうへ行こうとする。

「無理だね。いまから追いかけても、彼を捕まえるのは難しい。ぼくの車、スピードが出るからね」

小野田のことばに応えたのは右京だった。

「大丈夫です。彼の行き先はわかっていますから」


その夜、北潟誠吾は葛城貫太郎から郊外にある無人の市営グラウンドに呼び出されていた。北潟が静まり返ったグラウンドの中央まで足を進めたとき、夜間照明が突然点灯した。眩しさに目を細めていると、葛城が前方から歩み寄ってきた。右京と薫に続き、凡庸な警備員と考えていた人物まで当局の潜入捜査員だったと知り、北潟は呆れ返っていた。

「あんたも公安だったか。で、取引ってなんだよ？」

葛城はそれに答えず、周囲を見回して大声で叫ぶ。

「おーい、出て来いよ！　どっかにいるんだろ！」

呼びかけに応じ、選手の入場口から、右京と薫が姿を現わす。北潟が天を仰いだ。葛城は北潟を示して言った。

「こいつをマークしてれば確かだもんな」

右京が応じる。

「あなたの目標は北潟社長ですからね」

「なんのまねだ、これは？」

意味がわからず問い質す北潟の腕を葛城が捻り上げ、そのまま自分と北潟の手首の間に手錠をかけた。

「設楽聡子を殺したんだって？」ぞっとするような声で葛城が北潟に迫る。「素直に認めろよ。そしたら逃がしてやる。これが取引だ」

「ふざけたこと抜かすな。はずせ」

北潟が暴れようとすると、葛城がまとっていたコートの前を開いた。その腹には何本ものダイナマイトが巻きつけてあった。葛城は起爆装置をポケットから取り出すと、特命係の刑事に見せびらかすように高く掲げた。

「騒ぐな。気をつけないと弾みで爆発しちまうぞ」

右京と薫の顔色が変わった。北潟は顔を歪めて、

「マジかよ、おい？」

「マジだよ。白状しろよ」

葛城が本気だとわかり、北潟はふっとため息を漏らすと、「正当防衛だよ」と言った。

「俺は聡子から殺されかけたんだ。果物ナイフで襲いかかられた」

「扼殺が正当防衛とは言えないな。過剰防衛だ」

ふたりのやりとりに薫が割って入った。

「いや、違う。あんたにだって殺意があっただろ？　彼女を殺したいと思ってたはずだ。違うか？　きっかけは彼女だったにしろ、あんたのやったことは正当防衛でも過剰防衛でもない。殺人だ」

「あんたとここで裁判ごっこをするつもりはないね」北潟は薫に対して不遜に宣言すると、葛城に訊いた。「白状したんだ。逃がしてくれるんだろ？」

「ああ。絶対捕まらない場所へ逃がしてやるよ」

北潟は不敵な笑みを浮かべると、「あんたと一緒にか？」と訊き直す。

「ああ。本気だ」

葛城が暗い目で言った。起爆装置を握る右手に力がこもる。

「面白いね」北潟は小さく笑うと、特命係のふたりに向けて、「だそうだ。この人、本気だそうだから、早く逃げないと巻き添えを食うぞ」

「そんなわけにいくかよ」薫が悲痛な声を出す。「考え直すんだ！　こんなことしてなんになる？」

葛城の片頬が引きつったように震えた。しかし、声はしっかりしていた。

「なんにもならないさ。自己完結、ただそれだけのことだよ。落とし前は自分でつけないとな」

ここまで無言だった右京が、葛城ではなく、北潟に話しかけた。

「覚悟なさっているようですね。潔くここで死ぬおつもりとお見受けしました」

北潟は悟りきったような口ぶりで、

「理由はどうあれ、聡子を手にかけたことは事実。どうせただじゃ済まないんだろ。だったら、ここで終わるのも一興さ。見苦しく生きるのなんか、まっぴらだね」

「確かに、この際あなたはここで木っ端微塵《みじん》になるべきかもしれません」

この発言を聞き、薫は変わり者の上司が正気を失ったかと思った。

「右京さん！」

「だってそうじゃありませんか。設楽聡子さん殺害の容疑で逮捕され、今後の人生のかなりの時間を犯罪者として生きていかねばならないことは、おそらく北潟社長にとって相当の苦痛だと思いますよ。そうですよね？」

「おしゃべりはそれぐらいにしろ」

「そんな屈辱を味わうくらいなら、ここで一瞬のうちに終わりたい。そう思う気持ちもよくわかります」

「早く押せよ」

北潟が苛立ち、葛城に向かって命令した。

葛城の目に残忍な喜びが浮かぶのを見た右京が提案した。

「葛城さん、どうせ仇を討つならば、一瞬のうちに終わらせてしまうのはもったいなくはありませんか？　死ぬ覚悟をしている人間を殺したところで、思う壺ですよ。むしろご本人が死ぬよりも嫌がっている屈辱を味わわせてやるほうが仇討ちにふさわしいと思うのですが、いかがでしょう？」

「黙れ！」北潟が初めて取り乱した。「黙れって言ってるだろうが！」

「簡単に死ねると思ったら、大間違いですよ！」

右京が一喝すると、葛城は声を上げて笑った。

「面白いね、あんた」

葛城は一旦起爆装置を口にくわえ、手錠の鍵をはずした。そして北潟の背中を強く突き、右京のほうへ差し出した。薫がすばやく殺人犯の身柄を拘束する。

「連れてけよ。殺人罪で立件できるかは、あんたたちの腕次第だな」

右京が葛城に一礼した。

「あなたも一緒に来ませんか」

葛城は再び起爆装置を掲げて、「遠慮する」と言った。

「おい、やめろ！」と、薫。

「早く押せ！」と、北潟。

「ぼくは一緒に死ぬのはごめんですが、だからといって、みすみすあなたを死なせる気にもなれない。困りましたねえ」

「あんたの言うことは聞いたんだから、ぼくの言うことも聞いてくれよ」

しかし、右京は首を左右に振って一歩も動かなかった。

「ほんとに押すよ」と、葛城。「これが最後通牒。いいね、五つ数えるから全力で走ってください。万が一巻き込まれたら、自己責任ということで。ひとつ……」

「亀山くん」と、右京。「きみは北潟社長を連れて、遠くへ行ってください」

「右京さんはどうするつもりですか?」

「ふたつ……」

「ぼくは最後まで諦めません」

「俺だって……」

葛城は信じられないような目でふたりの刑事を交互に眺めながらも、カウントダウンをやめなかった。

「みっつ……」

「押せ!」

北潟が叫ぶ。右京も薫もその場に釘付けされたように立ち止まったままだった。

「よっつ……」

薫が目を閉じ、右京はこぶしを握り締めた。北潟が大声で笑いはじめる。

「そんなに死にたきゃ望みどおりにしてやるよ」葛城の右手の親指に力がこもった。

「いっつ！」

次の瞬間、鈍い爆発音が薫の鼓膜を揺らした。痛みを感じないので恐る恐る目を開ける。地面に葛城が倒れていた。額の真ん中を撃ち抜かれている。弾痕からはまだ血が噴き出ていた。

警視庁特殊部隊の狙撃手が観客席から姿を見せた。無線に向かって報告する声がかすかに聞こえた。

――目標、射殺しました。

薫は無力感に苛《さいな》まれ、地面に膝をついて崩れ落ちた。夜空を見上げると、冬の星座がきれいに瞬いていた。右京の耳には「グリーンスリーブス」の哀しいメロディが幻聴として鳴っていた。

六

一時間後、右京と薫は警察庁の執務室にいた。小野田が能面のような顔をして言った。

「ぼくは狙撃なんて指示してませんよ。するわけないでしょ。ただね、公安の刑事が仇討ちを企てていることは知らせました。止めないわけにはいかないもんね」

室内を沈黙が支配する。それを嫌うように小野田は咳払いをし、「他に質問は？」と言った。

右京が沈んだ声で申し出る。

「あと、ひとつだけ」

「どうぞ」

「彼の本名はなんていうんですか?」

小野田の答えが返ってくるまで、またしばらくの間、静寂が訪れた。

「彼の本名か……知らない」

警察庁の廊下を引き上げながら、右京が薫に質問した。

「ぼくが奪ってしまったんでしょうか、自己完結のチャンスを。もっと彼の気持ちを汲んであげるべきでしたかね」

薫が足を止めて、振り返った。

「説得を諦めて、逃げればよかったってことですか?」

「ええ」

いつになく上司の歯切れが悪い。

「そんなことはないと思いますよ」

相棒はそう応えながら、今回の一件を奥寺美和子に伝えて、絶対に記事にしてもらおうと心に誓った。

もっと新しい音を

池　頼広

僕は、連続ドラマになってから「相棒」の音楽を担当させていただいていますが、いちばん最初にプロデューサーさんたちから言われたのが、「〝イギリスの刑事もの〟みたいに」ということだったんです。イギリスの刑事ものは絶対ハッピーエンドで終わらなくて、一話完結でもなくて、ものすごく人間臭いドラマだということでした。そして、そこに「相棒」が目指すものがあると言われたんです。それで、台本を数本読んでみて、オーケストラでいこうと決めました。

そして、いわゆる予定調和的な音はやめようと思い、よくあるダーンダダダーンダーンというようなものではなく、もっとおしゃれで、知的な雰囲気のある音楽を心がけました。プロデューサーの須藤（泰司）さんが音楽にうるさい人だったので、「ちょっとクラブ・テイストな、ダンサブルな曲があるといいよね」といった指示もありました。また、全体的に少し風変わりな雰囲気にしたいという思いもあったので、メイン・テーマも普通のテレビドラマよりも〝大きく〟作りました。

そういったことがあって、「相棒」の音楽は、これまでとは一線を画したものになっているのだと思います。

また「相棒」は、特にエンディング・テーマは作ってないのですが、よくエンディングに使っていただいているピアノっぽい曲は、僕としては《複雑》というイメージで作った曲です。悲しいんだけれど、ただ悲しいだけじゃない、希望がないわけでもないけど、あるわけでもない、すべてが中間のカラーで止まるように考えて作りました。最後の一秒まで何が起こるかわからない「相棒」のエンディングにはぴったりだったんじゃないかと思います。

「相棒」の音楽を作るうえでターゲットとして念頭に置いているのは、自分世代を中心に、ちょっと上からちょっと下くらいなんです（注・池さんは一九六三年生まれ）。たとえばシーズン4からちょっとディスコっぽい曲が増えるんですが、あれはまさに僕の世代に向けて作ったんです。「最近こういうのなかったでしょ？　聴きたかったでしょ？」という感じで。

僕自身ドラマを見て面白いと思ったので、僕と同じくらいか、それよりちょっと上の世代に受けるだろうという感じがありました。それはたぶん、ドラマを考えて見ることをする世代なんじゃないかと思います。そして、その世代の人たちは、ちょっとおしゃれな音楽を聴いて育ってきた人たちだと思うんです。だから、僕が高校時代に憧れていたような音楽、というものを意識しました。たとえばクインシー・ジョーンズとかですね。ＡＢＢＡなんかも取り入れられればいいなと思っています。

連続ドラマの音楽制作は、台本を読むのは最初だけで、あとはそのドラマに必要な曲をまとめて作る、というやり方になります。映画なら、出来上がった映像を見て、それに合った曲作りをするのですが、時間的にもそれは無理なので、ドラマの展開上想定されるシーンに合わせた曲を作るんです。たとえばミステリーなら、怪しい人物が登場したときの音とか、主人公が推理しているときの曲、犯人を追いかけているときの曲といった感じで何曲か作って、それらを監督が各シーンに合わせて使います。そういった基本的な曲はシーズンが新しくなっても変えずにそのまま使っていきますので、それらメインの曲の間に入る、すき間を埋めるような曲を、シーズンが新しくなる度に何曲かずつ足していくんです。

たまに、シーズン３の「潜入捜査」で使われた「グリーンスリーブス」のように、あの話のためだけに作ってくれと言われることもあります。あれも須藤プロデューサーからの依頼だったのですが、最初からベースだけで弾いてくれと頼まれたんです。僕はもともとベーシストで、普通より二弦多い六弦ベースを使っているので、音の幅が広く、ベースでもメロディーを弾けるんです。

僕の音楽の好みのコアにあるのは、たぶんラテン・ミュージックだと思います。僕が小学生くらいのころ、エンゲルベルト・フンパーディンクとかムードラテン歌謡が流っていて、僕の父親がそういう音楽が好きだったので家でよくかかっていたんです。父は昔ダンスをかじっていたらしく、歌謡曲はあまり聴かずに、そういう音楽ばかり聴いていました。

学校で習う以外の楽器で初めて触ったのは、小学3年か4年でトランペットを吹いたのが最初です。それも父親がよくマンボを聴いていた影響で、マンボ・トランペットというハイノートが出るかっこいいやつを吹いていたんです。

そして、中学2年のときにバンドを始めました。最初はどの楽器をやろうかなんて考えてなくて、一緒にバンドをやる友人がビートルズの「レット・イット・ビー」のジャケットを持ってきて「どれ?」って聞くので「これ」って指したら、「じゃあベースね」って(笑い)。ポール・マッカートニーだったんです。だから歌わなきゃいけなくて、それがとにかく嫌でしたけど、そこからベーシストとしての僕が始まったんです。

　でも、ビートルズはすぐに飽きて、そのころ出入りするようになっていた楽器屋のお兄さんたちがソウルやファンクを聴いていたので、僕もすぐにそっちに行きました。そしてブラザーズ・ジョンソンなんかを弾いていましたが、それも一年くらいで弾けるようになると飽きてしまって、その次はジャズに行きました。まだ作曲なんてやっていなかったので、マイルス・デイビスなどをひたすら弾いていましたね。父が庭師で家に物置小屋があったので、毎日毎日、放課後にバンド仲間とそこに集まって弾いていました。
　高校に入ってもそういう生活だったのですが、たまたま出入りしていた楽器屋に来ていたドラムの先生から、「ベースがいないから、やらないか」と誘われて、そのまま知らないうちにプロになっていたんです。十六か十七歳くらいのときで、平塚から東京に出てきてリハーサルをするようになり、気がついたらライブに出てお金をもらっちゃっていた、という感じです。

　曲を書き始めたのは二十代の前半です。それまでとにかく弾きまくっていたのでテクニックがかなり上達していて、ベースでアドリブを弾いたりするようになっていたんですが、そうするとベースをうまく聴かせるための曲が世の中にないことに気づいたんです。僕はベースで表現したいと思っていたので、とにかくベースを生かせる曲を作りたいというのがきっかけでした。

また、二十四歳のときに〝AIKE BAND〟というバンドでデビューしたのですが、そのバンドの作曲担当がものすごく曲作りが遅くて、仕方なく僕が作るようになりました。そのデビューのときに事務所も立ち上げて、それを運営していくためにCM音楽を作ったりもしていたので、そこで打ち込みやシンセサイザーなどを覚えていきました。もともと音楽理論は好きで自分で勉強していたので、それもうまく生かせたんじゃないかと思います。

ちょうどそのころ音楽コンピューターが出てきたので、僕はあるとき突然、乗っていた車を売ってコンピューターを買いに行ったんです。たしか全部で七百万くらいで、とても車を売ったお金だけでは足りず、ものすごく長いローンを組みました。そのコンピューターはデジタルで自分の音楽が作れるというもので、いまの音楽ソフトのはしりになったのですが、アメリカのものなのでマニュアルがすべて英語だったうえに、買った店の人もよくわかっていなくて、とにかく大変でした。僕がバグを発見して報告したりしていましたから（笑い）。

それが一九八〇年代の終わりくらいだったと思います。周りでコンピューターを使っている人なんていなくて、そもそも個人で買ったのは僕だけだったらしいのですが、僕の中には「時代はコンピューターに流れるだろうから、これをやらないと置いていかれる」という思いがあったんです。

ただ、僕自身はもともとシンセの音はあまり好きじゃないんです。だから、いまも生楽器でできるものは、なるべく生でやろうと思っています。じゃないと音楽家が食っていけなくなりますし（笑い）。

僕は曲を作るときに言葉をイメージすることはありません。何か楽器を使って作るということもなくて、たとえば朝コーヒーを買いに行ったときとか、シャワーを浴びているときなど、何かしているときにメロディーが浮かんできて、それで大体のかたちが見えているという感じです。なので探りながら作るということはないのですが、最初はほとんど鼻歌のようなものです。道を歩いていても必ず音はあるので、そこに自転車が通ったら「キーッ」という音がして……という具合に、何か一つ音があると、そこからどんどん広がっていくんです。

いま「相棒」のサントラ盤のマスタリングをしている真っ最中ですが、先日これまでの全曲を聴いてみたんです。大体三〜四時間分くらいになるんですが、さすがに気持ち悪くなりましたね（笑い）。ただ、「相棒」の歴史を振り返るのと同時に、僕自身の変容もわかって面白いなと思いました。たとえば和音の置き方やメロディーの作り方などに、このときはこういうことがしたかったんだなぁというのが表れています。

実は、僕は劇伴作曲家としてはまだ十年しか経っていないんです。そのうちの七年間も「相棒」と関わっているので、「相棒」の音楽の歴史が、僕の劇伴作曲家としての歴史と言ってもいいかもしれません。そういった意味もあり、サントラ盤は、すべて作曲した年順に構成しました。

僕は文章系がまったくダメで、たぶん左脳はほとんど死んじゃってるんじゃないかと思うんですが（笑い）、もともと曲タイトルは一切つけていないんです。なので、サントラ盤でのタイトルは、スタッフがアイデアを出し合って、曲のイメージに合わせてつけてくれました。

「相棒」では、プロデューサーをはじめとするみなさんから信頼していただいているので、ほとんどお任せで曲作りをさせてもらっています。水谷豊さんも信頼してくださっていて、「池ちゃんの音楽があれば大丈夫だから」なんて言われたりしますが、なんと言っても北野広大、僕らのヒーローですからね、ものすごく緊張しますよ。

でも、「相棒」に携わって七年、そろそろ何か新しいことをしていかないといけないなという思いはあります。劇場版の音楽はまったく新しく作りましたが、ドラマのほうにもどんどん新しく書き足していかなくちゃいけないな、と。オープニング・テーマも毎シーズン少しずつ変えていますが、シーズン7では、これまでとはまったく違ったアレンジにしてみました。これは前々からやりたかったことの一つなので、実現できてうれしいですね。どういうアレンジかは、ぜひ実際に聴いてみていただきたいです。

また、いま音楽でピンと来るものがないので、何か考えていかなきゃいけないないなとも思います。自己満足に止まらない新しい音楽を見つけていきたいと、日々思っています。

（いけ・よしひろ／作曲家、編曲家、ベーシスト）《談話》

相棒 season 3（第1話〜第8話）

STAFF

チーフプロデューサー：松本基弘（テレビ朝日）
プロデューサー：島川博篤（テレビ朝日）
香月純一、須藤泰司、西平敦郎（東映）
脚本：輿水泰弘、砂本量、櫻井武晴
監督：和泉聖治、長谷部安春、猪崎宣昭、橋本一
音楽：池頼広

CAST

杉下右京……………水谷豊
亀山薫……………寺脇康文
奥寺美和子………鈴木砂羽
宮部たまき………高樹沙耶
伊丹憲一…………川原和久
三浦信輔…………大谷亮介
角田六郎……………山西惇
米沢守……………六角精児
内村完爾…………片桐竜次
中園照生……………小野了
小野田公顕………岸部一徳

制作：テレビ朝日・東映

第1話　初回放送日：2004年10月13日

双頭の悪魔

STAFF

脚本：輿水泰弘　監督：和泉聖治

GUEST CAST

片山雛子 ……………木村佳乃　瀬戸内米蔵……………津川雅彦
鹿手袋啓介 …………西村雅彦　朱雀武比古…………本田博太郎
海音寺菊生 …………竹中直人　加賀谷秀之………佐戸井けん太

第2話　初回放送日：2004年10月20日

双頭の悪魔Ⅱ～堕天使

STAFF

脚本：輿水泰弘　監督：和泉聖治

GUEST CAST

片山雛子 ……………木村佳乃　瀬戸内米蔵……………津川雅彦
鹿手袋啓介 …………西村雅彦　朱雀武比古…………本田博太郎
海音寺菊生 …………竹中直人　加賀谷秀之………佐戸井けん太

第3話　初回放送日：2004年10月27日

双頭の悪魔Ⅲ　完結編～悪徳の連鎖

STAFF

脚本：輿水泰弘　監督：和泉聖治

GUEST CAST

片山雛子 ……………木村佳乃　瀬戸内米蔵……………津川雅彦
鹿手袋啓介 …………西村雅彦　朱雀武比古…………本田博太郎
海音寺菊生 …………竹中直人　加賀谷秀之………佐戸井けん太

第4話
初回放送日：2004年11月10日

女優〜前編

STAFF

脚本：輿水泰弘　　監督：和泉聖治

GUEST CAST

小峰夕月…………羽田美智子　　松永慎二郎……………岡田浩暉
古谷彦六……………深水三章

第5話
初回放送日：2004年11月24日

女優〜後編

STAFF

脚本：輿水泰弘　　監督：和泉聖治

GUEST CAST

小峰夕月…………羽田美智子　　松永慎二郎……………岡田浩暉
古谷彦六……………深水三章

第6話
初回放送日：2004年12月1日

第三の男

STAFF

脚本：砂本量　　監督：長谷部安春

GUEST CAST

陣川公平……………原田龍二　　千葉ハル子…………遠藤久美子

第7話

初回放送日：2004年12月15日

誘拐協奏曲

STAFF

脚本：櫻井武晴　　監督：猪崎宣昭

GUEST CAST

今井進一 …………尾藤イサオ　前田房江……………深浦加奈子
本間実 ………………河西健司　井勢谷隆………………浅野和之

第8話

初回放送日：2005年1月5日

潜入捜査

STAFF

脚本：輿水泰弘　　監督：橋本一

GUEST CAST

北潟誠吾 ……………保坂尚希　葛城貫太郎……………温水洋一
設楽聡子 ……………吉野公佳

相棒《あいぼう》 season 3 上

朝日文庫

2008年10月30日　第1刷発行
2008年11月10日　第2刷発行

脚　本　輿水泰弘《こしみずやすひろ》　砂本量《すなもとはかる》　櫻井武晴《さくらいたけはる》
ノベライズ　碇卯人《いかりうひと》

発行者　矢部万紀子
発行所　朝日新聞出版
〒104-8011　東京都中央区築地5-3-2
電話　03-5541-8832（編集）
03-5540-7793（販売）
印刷製本　大日本印刷株式会社

© 2008 Koshimizu Yasuhiro, Suzuki Tomoko, Sakurai Takeharu, Ikari Uhito
Published in Japan by Asahi Shimbun Publications Inc.
©tv asahi · TOEI

定価はカバーに表示してあります

ISBN978-4-02-264451-0

落丁・乱丁の場合は弊社業務部（電話03-5540-7800）へご連絡ください。
送料弊社負担にてお取り替えいたします。